nada

Bibliografische Information der Deutschen Nationalbibliothek:
Die Deutsche Nationalbibliothek verzeichnet diese Publikation in der
Deutschen Nationalbibliografie. Detaillierte bibliografische Daten sind
im Internet über http://dnb.d-nb.de abrufbar.

Herstellung: Books on Demand GmbH, Norderstedt
Printed in Germany

ISBN 978-3-907091-10-4

Karin Jundt

Der Wanderer im dunklen Gewand

Spiritueller Roman

nada

Für Sophia und Alexander,
die kleinen Königskinder,
die noch fast ihren ganzen
Lebensweg vor sich haben

Im Fließen zum Meer
liegt die Treue des Flusses
zur Quelle.

Inschrift an einem Chalet
im Lötschental (Wallis, Schweiz)

1

Er öffnete die Augen und blickte in den klaren Nacht-
himmel. Obwohl er die Sternbilder nicht beim Namen
kannte, waren sie ihm wohltuend vertraut. Dann spürte
er seinen Körper, nass und kalt, der linke Arm schmerzte.
Er meinte, aus einem Jahrtausende währenden Schlaf
aufzuwachen, ohne eine Erinnerung an die Zeit davor.
Mühsam richtete er sich auf und fühlte einen pochenden
Schmerz in seinem Kopf. Er schaute sich um: Er saß im
Morast, am Ufer eines Teiches, dessen Wasser offenbar
vollständig versickert war und nur Schlamm zurückgelas-
sen hatte. Schwerfällig stand er auf und blickte an sich
hinunter, denn er musste über und über mit dieser braunen
Brühe bedeckt sein; tatsächlich, seine Kleider waren kaum
zu erkennen. Als er sich an die Wange griff, spürte er eine
Kruste, hier war der Lehm schon ausgetrocknet.

Er kletterte die Uferböschung empor und sah, dass er
sich in einer steppenartigen Ebene befand. So weit das
Auge reichte, war kein Haus, kein Licht zu sehen, nur
vereinzelt Sträucher und niedrige Bäume und am Horizont, kaum erkennbar, Berge; knapp darüber stand die
silberne Mondsichel. Er machte sich auf und folgte dem
Weg in der Richtung, die auf den Mond zu führte.

‚Ich muss mich unbedingt waschen‘, dachte er, weil er
sich für sein Aussehen schämte, ‚bevor ich jemanden
treffe.‘ Dann tröstete er sich, in der Nacht würde er wohl
niemandem begegnen und bis zum Tagesanbruch bestimmt
auf einen Bach oder einen Brunnen stoßen.

Nachdem er schon eine längere Strecke zurückgelegt
hatte, empfand er seinen Gehrhythmus als angenehm und

litt nicht länger unter Kopfschmerzen. Seine Kleider waren inzwischen trocken, aber steif und schwer vor Lehm.

Er schritt forsch voran, der Pfad war gut, nicht sehr steinig, und nach ein paar Stunden meinte er, die Berge schon näher zu sehen, und stellte fest, dass die Landschaft nicht mehr so dürr wirkte, sondern höheres, saftigeres Gras wuchs. Gerade als es zu dämmern anfing, hob sich in der Ferne vor dem schmalen blassrosa Streifen des neuen Morgens eine lange Reihe Weiden ab.

‚Da muss Wasser sein‘, überlegte er und verließ den Weg; bald hörte er ein leises Gurgeln und Vogelgezwitscher. Es war ein kleiner Kanal, nicht sonderlich breit, aber ausreichend tief für eine gründliche Reinigung. Er versuchte, sein Hemd über den Kopf zu streifen, aber es gelang ihm nicht, so sehr klebte der Stoff an seiner Haut. Auch mit seiner Hose erging es ihm nicht besser.

„Dann halt nicht“, sagte er laut und tauchte entschlossen, angezogen wie er war, ins frische Wasser. Es war eine Wohltat, mit beiden Händen Gesicht und Haar zu schrubben und auch den Stoff, bis der Schlamm sich löste.

Danach stand er im seichten Wasser auf und sah im fahlen Tageslicht, dass seine Kleider jetzt nicht mehr dick verkrustet waren; sie hatten aber eine dunkelbraune Farbe angenommen, als ob eine hauchdünne Schlammschicht untrennbar mit ihnen verbunden wäre. Seine Haut und sogar seine Fingernägel hingegen waren rein.

Er setzte seinen Weg fort. Es verging nochmals viel Zeit, bis die Landschaft abwechslungsreicher wurde, da und dort Wäldchen die ausgedehnten Wiesenflächen unterbrachen und leichte Steigungen die Wanderung spannender gestalteten, jede Anhöhe einen neuen Ausblick eröffnete.

Die Sonne stand bereits hoch am Himmel und hatte seine Kleider längst getrocknet, als eine Kirchturmspitze eine Siedlung ankündigte, und bald sah er den ganzen Weiler lieblich in eine Flussaue eingebettet. Wenig später erreichte er die ersten Häuser und einen Platz, auf dem Bäuerinnen Gemüse und Beeren aus ihrem Garten an einfachen Ständen feilboten.

Unterwegs, als sein Magen zum ersten Mal geknurrt und er in seine Taschen gegriffen hatte, war es für ihn keine Überraschung gewesen, darin weder Geld noch sonst etwas Wertvolles zu finden. Der Gedanke, den Bäcker um ein Stück Brot oder eine Marktfrau um etwas Obst anbetteln zu müssen, war ihm aber äußerst unangenehm. Mit müdem Gang, doch bedacht nicht zu schlurfen, schritt er langsam an den Ständen vorbei und schätzte ab, wo er die beste Chance hätte. Als er den ganzen Platz überquert hatte, kehrte er zurück, blieb immer wieder stehen und beobachtete die Frauen. Keine wirkte auf ihn freundlich genug. Der Hunger drängte zwar, aber Schüchternheit, Scham und vor allem die Angst, abgewiesen oder gar als Landstreicher beschimpft zu werden, hielten ihn zurück.

Nachdem er eine ganze Weile unentschlossen herumgeschlendert, mehrmals zögernd ein paar Schritte auf eine Marktfrau zugegangen und dann kurz davor doch zurückgeschreckt war, wandte er dem Markt den Rücken zu und flüchtete in eine Seitengasse, frustriert und verärgert.

Abseits vom Treiben und die unlösbare Aufgabe nicht mehr vor Augen, fand er tausend Rechtfertigungen für seine Feigheit: Betteln, das macht man eben nicht, und den Bauern bleibt ja nach Ablieferung des Zehnten nicht viel übrig, um einem Dahergelaufenen einfach etwas zu schenken; auch ist der Tag noch lang und sie werden hoffen, alles verkaufen zu können. Und ein bisschen Stolz muss man haben, will man die Achtung vor sich selbst nicht verlieren. So glaubte er schließlich, er mache alles richtig; das schale Gefühl, das verblieb, schrieb er seiner Müdigkeit zu.

Er beschloss weiterzuziehen, bis sich eine bessere Gelegenheit böte, eine einfachere, die keine Überwindung erforderte, eine Situation, der er gewachsen wäre. Nachdem er den nächsten Hügel hinter sich und das Dorf nicht mehr in Sichtweite wusste, das Läuten der Kirchenglocken nicht länger in seine Ohren drang, er also nicht mehr an den Schauplatz seines Versagens erinnert wurde, gestand er sich ein, dass er völlig erschöpft war. Die Beine schmerzten ihn und an den Füßen hatte er Blasen. Seit irgendwann in den frühen Nachtstunden bis weit in den Morgen hinein war er ununterbrochen marschiert, und wehte auch ein frühlinghaft frischer Wind, so brannte die Sonne doch schon stark auf seinen ungeschützten Nacken. Unter einer Linde ließ er sich ins Gras sinken, lehnte mit dem Rücken an den Stamm und schlummerte bald ein.

2

Großvater und Enkel saßen nebeneinander auf der Mole und schauten dem Tragflügelboot nach, das gerade das Hafenbecken verließ. Sirio, der sich nicht viel aus Schiffen machte, dachte an sein Schwesterchen, das erst vor ein paar Tagen zur Welt gekommen war, und fragte unvermittelt: „Nonno, wo war Grazia vorher?"

„In Mammas Bauch und –"

Der Fünfjährige unterbrach seinen Großvater und setzte eine altkluge Miene auf: „Das weiß ich doch, ich bin ja kein Baby mehr, das an den Storch glaubt! Aber davor?"

„Davor war sie im Himmel, aber sie war nicht das Baby, das du gestern im Krankenhaus gesehen hast, sondern ein kleines Licht, weißt du, wie der Funke der Wunderkerze." Jonathan hatte sich den Jungen auf die Knie gesetzt, damit er ihn anschauen konnte, während er über solch wichtige Dinge mit ihm sprach.

„Warum ist aus dem Licht ein Baby geworden?"

„Weil der kleine Funke ein großes, helles Licht werden will, und dazu muss er zuerst ein Baby werden, das zu einem größeren Kind heranwächst, später erwachsen ist wie die Mamma, nachher so alt wie die Nonna. Wenn ein Mensch dann stirbt, wird er wieder zu einem Funken und leuchtet schon etwas heller als der alte. Danach wird er wieder als Baby geboren und so geht es immer weiter, jedes Mal wird der Funke heller und schließlich ein großes strahlendes Licht."

Sirio schwieg eine Weile. „War ich auch einmal ein Funke?", fragte er endlich, und man sah ihm an, dass er angestrengt nachdachte.

„Ja, jeder Mensch ist ein kleines Licht, bevor er auf die Welt kommt."

„Warum erinnere ich mich nicht daran?"

„Weil es ein Spiel ist." Ein heiterer Glanz leuchtete in Jonathans Augen. „Wenn du auf die Erde kommst, siehst du die andere Welt, wo du ein Funke warst, nicht mehr – das ist, wie wenn du dich beim Versteckspiel zur Wand hinstellst und die Augen schließt. Der liebe Gott ist es, der sich versteckt und darauf wartet, dass du ihn suchst. Damit das Spiel aber nicht allzu leicht und schnell zu Ende ist, vergisst du alles – sogar dass du ihn suchen sollst und alles nur ein Spiel ist."

Wieder überlegte Sirio und meinte: „Deshalb weinen die Babys so oft! Sie sind traurig, weil sie nicht wissen, wie das Spiel geht."

Der Großvater war tief berührt vom kindlichen Wissen. „Ja, deshalb, und auch weil sie doch noch eine Ahnung haben, dass sie diesen leuchtenden Funken in sich tragen, ihn aber nicht mehr sehen und fühlen."

„In sich tragen? Das Baby ist also nicht ein verwandelter Funke?", fragte der Junge erstaunt. „Ist der Funke aus der anderen Welt geboren worden und das Baby nur darum herum gebaut?"

„Genau so ist es. Ganz genau genommen ist der Funke nur als Mensch verkleidet – weißt du noch, wie du beim Karnevalsumzug als Pirat verkleidet warst?"

„Natürlich weiß ich das noch, ich bin doch kein Baby, das alles vergessen hat!", gab Sirio selbstbewusst zurück. „Dann ist Grazia ja gar kein richtiges Baby!", fügte er beinahe empört an. Es dauerte einen Augenblick, bis Jonathan diese Schlussfolgerung durchschaute.

„Du meinst, weil auch du kein richtiger Pirat warst, sondern der verkleidete Sirio – du treibst mich richtig in die Enge mit deinem scharfen Verstand!" Er lachte von Herzen. „Grundsätzlich hast du recht. Aber das Lebensspiel unterscheidet sich ein bisschen vom Karneval. Pass auf: Grazia meint, sie sei ein Baby, und Mamma, Papi und alle Leute glauben das auch. So sind die Spielregeln: Wir alle wissen nicht mehr, dass wir nur verkleidete Funken sind. Das Spiel gewinnt, wer den lieben Gott findet. Selbst wenn wir diese Verkleidung am Anfang nicht besonders mögen, gewöhnen wir uns mit der Zeit daran und können sie nicht einfach ausziehen; deshalb ist es für uns so, als wären wir wirklich nur Babys, Kinder, Erwachsene oder Alte – als ob du im Karneval meintest, ein echter Pirat zu sein. Verstehst du das?"

Sirio nickte. Es kam ihm aber in den Sinn, dass ihm solche Zeitvertreibe meistens schnell verleideten. „Und wenn ich keine Lust mehr habe mitzuspielen?"

Jonathan stand auf, hob den Jungen auf den Arm, um nach Hause zu gehen. Er lenkte ihn ab, indem er ihn auf einen streunenden Hund aufmerksam machte, der im Abfalleimer wühlte. Er mochte seinem kleinen Enkel noch nicht erzählen, wie schwierig es für die Menschen ist, dieses Spiel zu beenden, wie oft sie sich in dieser Welt allein und verlassen vorkommen, vom großen Licht getrennt, und sich nicht als dessen Funken erkennen, sondern nur ihre Hülle, ihre dunkle Verkleidung sehen. ‚Und doch', dachte er, und sein Herz wurde dabei weit und froh, ‚genügt es schon, dieses Leben als göttliches Spiel zu durchschauen, um Freude daran zu finden – und das ist nicht gar so schwer.'

3

Auf der staubigen Landstraße näherte sich ein Mann dem
Schlafenden unter dem Baum und setzte sich neben ihn.
Es dauerte lange, bis dieser erwachte und die Augen
aufschlug. Er erschrak, weil jemand bei ihm war, doch
der Fremde beruhigte ihn mit einem Lächeln und einem
freundlichen Gruß, den er, noch leicht verwirrt, erwiderte.
Daraufhin brachte der andere, der lange genug hatte warten müssen, ohne Umschweife sein Anliegen vor: „Ich bin
ein armer Wandersmann und bitte dich um ein paar Kreu-
zer, damit ich mir im nächsten Dorf etwas zu essen kaufen
kann."

Sogleich spürte auch der eben Erwachte seinen leeren
Magen wieder. Er antwortete nicht sofort, musterte die
abgetragene Kleidung des Fremden, seine staubigen Füße,
das zerzauste Haar und den langen Bart; er musste von
weit her kommen. Trotzdem: Dass er sich nicht schämte,
ihn einfach anzubetteln!

Der Mann schien in seinen Gedanken zu lesen und sah
ihn aus klaren, durchdringenden Augen an: „Ich habe
meinen Stolz vor geraumer Zeit abgelegt. Ist er nicht etwa
nur die Tarnung der Angst? In der Demut liegt die wahre
Stärke. – Nein, ich schäme mich nicht mehr, um das zu bitten, was ich brauche, und fürchte die Verweigerung nicht.
Sonst könnte ich diese Wanderung nur als einen unange-
nehmen, hoffnungslosen Kampf empfinden und keine
Freude daran haben."

Der andere verstand die seltsame Rede nicht und meinte:
„Ich besitze nichts und weiß selbst nicht, wie ich meinen
Hunger stillen soll." Zur eigenen Rechtfertigung, nicht aus

Überheblichkeit, fügte er hinzu: „Aber ich würde meine Selbstachtung verlieren, wenn ich mich herabließe zu betteln."

Der Fremde erhob sich, schaute ihn mitfühlend und wissend an, und während er sich freundlich verabschiedete, zog er schon weiter.

Nun war er wieder allein, immer noch müde, aber sein hungriger Magen ließ ihm keine Ruhe mehr. Also setzte auch er seinen Weg fort. Seine Gedanken kreisten weniger ums Essen als um die Worte des Mannes. ‚Den Stolz ablegen? Das ist einfacher gesagt als getan – wie soll man das schaffen, ohne sich dabei wertlos vorzukommen? Worin liegt das Geheimnis, um aus der Demut Kraft zu schöpfen? Geht es tatsächlich nur um die Angst, wie der Mann behauptet hat? Und ist der Mut das einzige Mittel dagegen?‘ Etwas anderes fiel ihm nicht ein. Weil er aber wusste, dass er den Mut zu betteln nicht aufbrächte, fühlte er sich hilflos und ohnmächtig.

Ganz mit sich beschäftigt, den Blick nach unten gerichtet, bemerkte er das nur noch einen Steinwurf entfernte Bauernhaus erst, als er eine aufgebrachte Stimme hörte. Vor dem Stall versuchte die Bäuerin, einen Bottich auf einen Karren zu hissen, aber trotz ihres kräftigen Körpers mühte sie sich vergeblich ab und fluchte vor sich hin.

Er wollte sich nähern und ihr helfen, als ein Hahn, verfolgt von einem kläffenden jungen Hund, hinter der Tenne hervorgerannt kam und im Mann seine Rettung sah. Mit letzter Kraft flatterte er bis zu dessen Brust, krallte sich fest und kletterte, wild mit den Flügeln schlagend, bis auf seine Schulter. Hier fühlte er sich soweit in Sicherheit, dass er die ausgestandene Angst mit einem lauten Krähen bekundete. Unbeeindruckt sprang der Hund bellend hoch und schnappte erfolglos nach der Beute.

Ohne sich umzusehen, griff die Bäuerin nach einem Holzscheit, das auf dem Karren lag, schleuderte es in die Richtung des Gezankes und schrie: „Wie oft muss ich dir noch sagen, du sollst das Federvieh in Ruhe lassen?"

Erst jetzt bemerkte sie den Fremden, der versuchte, sich den Hund vom Leibe zu halten, ohne gebissen zu werden, und zugleich den Hahn von seiner Schulter abzuschütteln, während das Holz ihn am Knie traf. Ob des komischen Schauspiels verflog ihre Wut und sie brach in schallendes Gelächter aus.

Der junge Flegel, der um sein schlechtes Benehmen wusste und etwas wie Reue empfand, schlich mit eingezogenem Schwanz davon. Die Frau packte den Hahn, der dem Rückzug des Feindes nicht traute und keine Anstalten machte, seinen Hochstand zu verlassen, und setzte ihn auf den Boden. Dann sagte sie, immer noch kichernd: „Grüß dich, Fremder! Komm, fass mit an, allein schaffe ich das nicht."

Er hatte keine Entschuldigung erwartet, aber dass sie gar nichts Nettes zu ihm sagte, übergangslos zu ihrem Geschäft zurückkehrte und ihn noch aufforderte, ihr zu helfen, das enttäuschte ihn. Trotzdem zögerte er nicht und hob die schwere Last auf den Wagen.

„Vergelts Gott", bedankte sie sich, schob stöhnend den Karren an und schlug einen Feldweg ein. Er schaute ihr nach, ungläubig und gekränkt, dass sie ihm zum Dank für seine Hilfsbereitschaft nichts anbot und einfach davonzog.

Eine Zeit lang stand er noch ratlos auf dem Hof herum. Er fühlte sich gedemütigt. ‚Hat das etwas mit Demut zu tun?', schoss ihm durch den Kopf. Dann setzte er seine Wanderung fort, entmutigt und niedergeschlagen. In seinen Gedanken spielte sich wieder und immer wieder die eben erlebte Szene ab, er fühlte den Schmerz des Holzscheits an seinem Bein, die Erniedrigung, als die Bäuerin ihn auslachte und er ohnmächtig, mit dem Hahn auf der Schulter und dem hochspringenden, kläffenden Hund, dastand. Mit gesenktem Haupt, völlig in sich gekehrt, nahm er die Reiterin, die ihm entgegengaloppierte, nicht wahr und bemerkte sie erst, als ihr langer Schatten vor ihm auftauchte. Sie riss ihr Pferd zurück und kam unmittelbar vor ihm zum Stehen. Zornig schrie sie ihn an: „Warum gehst du nicht zur Seite?"

Er schätzte den Weg als breit genug ein, dass sie an ihm hätte vorbeireiten können. Wegen ihrer vorwurfsvollen Worte fühlte er sich trotzdem schuldig, als hätte er schon wieder etwas falsch gemacht, und wollte um Verzeihung bitten. Zerknirscht schaute er zu ihr auf, brachte dann aber kein Wort hervor, als er der Schönheit des edlen Fräuleins auf dem Schimmel gewahr wurde. Sie ihrerseits schien nun von ihm angetan, denn sie ließ ihre Augen unverwandt auf ihm ruhen. Er konnte dem Blick nicht standhalten.

„Du hast edle Züge", hörte er sie sagen. Das verwirrte ihn, ermutigte ihn aber auch, wieder aufzuschauen. Sie lächelte und fragte wohlwollend: „Wie heißt du?"

Ihre Freundlichkeit tat seinem verschüchterten Herzen wohl, und er antwortete: „Ich bin…" Jäh unterbrach er sich, als ob eine kraftvolle Hand seine Kehle zudrückte, er bekam keine Luft mehr, ein gewaltiges Erschauern ergriff und lähmte ihn.

‚Wer bin ich?', schrie es in ihm, während er äußerlich unfähig war, sich zu rühren. ‚Wer bin ich?' Panische Angst löste seine Starre, er begann am ganzen Körper zu zittern. Das bare Entsetzen stand in seinen Augen, als er die Reiterin noch einmal anschaute, bevor er wie wild davonrannte. Er lief und lief, ohne sich ein Mal umzudrehen, so schnell er konnte und so lange, bis er die Grenzen seiner Kräfte überschritt. Er brach zusammen, blieb keuchend auf dem Bauch liegen, und sein Herz pochte gewaltig gegen die Brustwand. Es dauerte lange, bis er sich nur etwas erholt hatte und sich auf die Seite drehen konnte; er überrollte noch zweimal, damit er in die Wiese zu liegen kam.

Weil die körperliche Erschöpfung auch seine Panik vertrieben hatte, ließ er nun den ungeheuerlichen Gedanken zu: Er wusste nicht, wie er hieß. Er wusste nicht, wer er war. Er war, war unter dem Sternenhimmel aufgewacht, seinen Weg gegangen, er wusste: ‚Ich bin' – aber er wusste nicht, wer dieses Ich war, er wusste nicht, wer diese Wanderung erlebte.

Er setzte sich auf und schaute seinen Körper mit der dunkelbraunen Kleidung an. Bestimmt war er eine ganz armselige Kreatur, ein Niemand, ein Bettler – ein Bettler, der sich nicht zu betteln traut, stellte er nüchtern und bitter fest.

Dennoch brauchte er einen Namen, fürs Erste zumindest einen Namen, den er den Leuten nennen konnte, bis er wieder wusste, wer er wirklich war. Ob die Erinnerung je zurückkäme? Er hatte nicht die blasseste Vorstellung von den Ereignissen vor seinem Erwachen am Rande des Teiches. Jetzt, wie er darüber nachdachte, erstaunte es ihn, dass er, ohne sich zu fragen, was er da tue und woher er käme, aufgebrochen war und, ohne zu überlegen, den erstbesten Weg eingeschlagen hatte.

Eben war die Sonne untergegangen. Die Dämmerung brachte indes nicht noch mehr Düsternis, vielmehr einen lichten Hoffnungsschimmer, als ein Gleichnis bildhaft vor seinem inneren Auge erschien: ‚Wenn ich mich in einem brennenden Haus befinde, muss ich nicht fragen, wer es angezündet hat und aus welchem Grund – ich muss nur schnell hinaus.‘ Dabei klang in ihm etwas an, was ihm vertraut war, und er fühlte sich sogleich sicher und geborgen. Er verstand, dass es keinen Sinn hatte, über das Warum und Woher seiner Lage zu rätseln: Er musste sie als gegeben annehmen und daraus in gewisser Weise einen neuen Anfang machen, wie einen Schritt in ein neues Leben, ganz gleich, was früher je gewesen sein mochte, in einer Zeit, bevor er in den Sumpf geraten war.

Überzeugt, sein Dasein zu meistern, zweifelte er auch nicht mehr daran, alles würde sich schon bald zum Guten wenden. Er wollte sich nur noch eine Weile hier erholen und dann weiterziehen.

4

Der Wanderer hatte also frischen Mut gefasst, während er immer noch am Wegrand in der Wiese saß. Im letzten fahlen Licht sah er eine kleine, dunkle Gestalt den Pfad entlangkommen. Nur ganz schnell tauchte in ihm erneut Besorgnis auf, was jetzt wohl wieder geschehen werde – die Begegnungen an diesem Tag waren nicht gerade angenehm gewesen –, doch die neu gewonnene Zuversicht war mächtiger und er schaute dem Bevorstehenden hoffnungsvoll und gespannt entgegen. Er schärfte den Blick: Es musste eine Frau sein, er konnte ihren weiten, bis zum Boden reichenden Rock ausmachen. Sie ging aufrecht und mit forschem Schritt, doch beinahe lautlos. Weder das Aufsetzen ihres Fußes auf dem schotterigen Grund noch das Knirschen der Steine waren zu hören, nur ein leises Rauschen und Wehen des Stoffes ihrer Kleidung hob sich von der Abendstille ab.

Ob sie ihn wohl bemerkt habe, fragte er sich, reglos, wie er dasaß. Es war nämlich schon ziemlich dunkel, und nichts deutete darauf hin, dass sie ihn sah. Doch wenige Schritte von ihm entfernt blieb sie stehen. Sie zeigte sich keineswegs überrascht und grüßte ihn freundlich mit einer warmen Stimme, die weitaus jugendlicher klang, als das weiße Haar und das runzelige Gesicht vermuten ließen. Während er ihren Gruß erwiderte, stand er auf, nicht ohne Mühe und mit einem leisen Stöhnen, denn der lange Fußmarsch, das unfreiwillige Fasten und das irre Davonlaufen hatten seine Kräfte aufgezehrt.

„Du wirst dein Nachtlager doch nicht hier aufschlagen wollen?", fragte die Alte scherzhaft.

„Nein, wollen nicht", antwortete er, „aber ich werde wohl müssen, weit und breit ist keine Hütte und kein Stall, wo ich mich ins Heu legen könnte."

Sie lachte. „Wenn dir eine weitere Stunde Weg nicht zu viel ist, darfst du dich auf ein richtiges Bett freuen", bot sie ihm an, ohne zu erwägen, dass er vielleicht in die entgegengesetzte Richtung unterwegs sein könnte.

Mit staunenden, dankbaren Augen schaute er sie an. Sie schien es nicht zu bemerken, wartete auch seine Zusage nicht ab, sondern forderte ihn auf: „Dann komm mit. Eine heiße Suppe wird auch schon bereitstehen."

Er hatte bestimmt nicht vorgehabt, ihre Einladung zu einem Schlafplatz auszuschlagen! Die Aussicht auf eine Mahlzeit ließ ihn keinen Augenblick länger zögern, und er machte sich mit ihr auf. „Danke", murmelte er schon im Gehen und hätte ihre Großzügigkeit gerne ausschweifender gelobt, aber er brauchte die wenige wiedergefundene Kraft, um mit ihr Schritt zu halten, und war froh, dass auch sie fortan schwieg. Erfreut über die unverhoffte Wendung – die so unerwartet gar nicht war, hatte er doch gespürt, dass seine zuversichtliche innere Haltung auch seine äußere Lage verändern würde –, fand er nach einer Weile wieder zu einem rhythmischen Gang. Dennoch überlegte er ständig, wie viel von der erwähnten Stunde wohl schon verstrichen sei, und ließ den Blick in der Dunkelheit nach allen Seiten wandern, um das Haus der Alten zu erspähen.

„Bald sind wir da", machte sie ihm Mut. Offensichtlich hatte sie seine wachsende Ungeduld und seine zunehmende Erschöpfung bemerkt. Als sie ein Wäldchen, das die Fernsicht behindert hatte, hinter sich ließen, entdeckte er ein flackerndes Licht. „Ja, dort drüben ist es", bestätigte sie seine stille Vermutung; im Nu erreichten sie ein einfaches Holzhaus.

Drinnen war es gemütlich, ein Feuer brannte im Kamin, und darüber dampfte es aus einem Kessel. Kaum hatte er die Tür hinter sich geschlossen, trat ein Kind, es mochte dreizehn Jahre alt sein, vom Nebenraum in die Küche, eine Öllampe in der Hand.

„Endlich bist du zurück!", sagte es freudig und schaute währenddessen neugierig den Fremden an.

„Wir haben heute einen Gast; bring noch einen Löffel."

Das Mädchen gehorchte, ohne seine lebhaften Augen vom jungen Mann abzuwenden, der verlegen und leicht ungeduldig herumstand. Er hatte auf dem Tisch ein Körbchen mit aufgeschnittenem Brot entdeckt und konnte es kaum erwarten, dass man sich setzte und zulangte.

„Du hast wohl Hunger", stellte Katreinle fest, die ihn unablässig beobachtete.

Er rechtfertigte sich: „Ich habe heute noch gar nichts gegessen."

„Dann will ich die Suppe gleich auftragen. Ists recht, Großmutter?"

Erst nachdem der Wanderer Löffel um Löffel von der dicken, nahrhaften Suppe geschlürft, mehrere Scheiben Brot dazu gegessen hatte und gesättigt schien, fragte die Alte: „Wie heißt du?"

Diesmal erschrak er nicht. Beinahe belustigt dachte er: ‚Die Leute wollen eben wissen, mit wem sie es zu tun haben!' Einer plötzlichen Eingebung folgend, wandte er sich dem Mädchen zu: ‚Na, wie heiße ich wohl? Magst du raten?'

Ihre grüngrauen Augen leuchteten auf: „Was bekomme ich, wenn ich es herausfinde?"

Er schüttelte lachend den Kopf: „Du siehst ja, dass ich nichts besitze außer den Kleidern, die ich am Leib trage."

Sie zuckte mit den Schultern: „Macht nichts, ich versuche es trotzdem. Und wenn ich es errate, erzählst du mir dafür eine Geschichte."

‚Eine Geschichte', dachte er ironisch, ‚wo soll ich die hernehmen, kenne ich doch nicht einmal meine eigene!' Aber er war sicher, ihm würde schon etwas einfallen.

Katreinle setzte zuerst eine nachdenkliche Miene auf, dann entspannte sich ihr Gesicht, sie schloss die Augen und sagte nach einer Weile überzeugt: „Lorenz. Du heißt Lorenz, stimmts?"

Einen Augenblick lang stutzte er: Der Name gefiel ihm wohl, er empfand ihn als passend, aber er spürte, dass es nicht wirklich der seinige war. ‚Andrerseits', überlegte er schnell, ‚ist einer so gut wie der andere, solange ich mich nicht an meinen richtigen erinnere.' So stellte er sich erstaunt, um dem Kind eine Freude zu bereiten: „Woher weißt du das? Wie bist du bloß darauf gekommen?"

„Mein älterer Bruder hieß so. Ich erinnere mich nicht an ihn, er ist zusammen mit meinen Eltern und meiner Schwester an der Pest gestorben, als ich noch ganz klein war. Aber heute wäre er etwa so alt wie du…"

„Ich heiße Hanna", sagte die alte Frau zum Wanderer, dann zu ihrer Enkelin gewandt: „Schluss jetzt mit alten Geschichten. Lorenz ist müde; zeig ihm die Kammer. Von sich wird er dir morgen erzählen."

5

Er erwachte, als ihm durch einen Schlitz im dichten blau-violetten Stoffbehang am Fenster ein Sonnenstrahl ins Gesicht schien. Er fühlte sich erholt. Sein erster Gedanke war: ‚Lorenz – ich heiße Lorenz!‘ Und er war glücklich, einen Namen zu haben.

Er stand auf und ging in die Küche, wo es wunderbar nach gedünstetem Gemüse duftete. Katreinle begrüßte ihn herzlich. „Für das Frühstück ist es reichlich spät, du hast lange geschlafen. Aber wenn du dich ein wenig gedulden magst, ist das Mittagessen bereit.“

Ihm lief das Wasser im Mund zusammen, und er fühlte eine große Dankbarkeit, weil diese Menschen sich um ihn kümmerten, ohne dass er sie darum bitten musste, anders als am Tag davor, an dem er mit knurrendem Magen bei den Marktfrauen gestanden hatte und niemand seine Not bemerken wollte.

„Aber nach dem Essen will ich deine Geschichte hören“, fuhr das Mädchen fort. Um es abzulenken, schaute er sich um, als ob er etwas suchte. „Die Großmutter ist im Garten“, erklärte Katreinle, „sie wird gleich kommen. – Bist du immer so schweigsam?“

Er lächelte verlegen: „Nein, ich glaube nicht. Ich habe nur gerade darüber nachgedacht, was ich dir erzählen soll, ich kenne eigentlich keine Märchen.“

„Am liebsten mag ich wahre Geschichten. Ich möchte wissen, woher du kommst, wohin du gehst, was du auf deinem Weg schon alles erlebt hast…“

„Da war nicht viel Spannendes“, wich er aus, „nichts, was dich interessieren könnte.“

Sie blickte ihn herausfordernd an. „Das glaube ich dir nicht." Mitfühlend und altklug ergänzte sie: „Du kannst mir alles erzählen, du brauchst keine Angst zu haben."

Ungewollt barsch fuhr er sie an: „Wovor sollte ich denn Angst haben?"

„Das weiß ich doch nicht!", lachte sie. „Du machst mir einfach den Eindruck – und deine Antwort eben... Weshalb hättest du sonst so heftig reagiert?"

Er errötete, als ihm die Szene mit dem Hund und dem Hahn auf dem Bauernhof in den Sinn kam. Er schämte sich für die lächerliche Figur, die er abgegeben hatte, und um nichts in der Welt würde er ein so peinliches Erlebnis je preisgeben. ‚Ja, vielleicht hat das auch etwas mit Angst zu tun, der Angst, dumm dazustehen', gestand er sich ein.

Katreinle beobachtete ihn noch immer mit einem prüfenden, wissenden Blick. Als läse sie in seinen Gedanken, bat sie: „Bitte, erzähl mir etwas Lustiges, was dir passiert ist!" Die Tür ging auf, die Großmutter brachte einen riesigen Korb voller junger, saftiger Löwenzahnblätter herein und stimmte zu, denn diesen letzten Satz hatte sie gerade mitbekommen: „Ja, heitere Geschichten tun gut! Es ist ein Geschenk des Himmels, wenn man die Gabe besitzt, Menschen zum Lachen zu bringen."

Lorenz waren die beiden Frauen für einen Augenblick unheimlich. Es schien ihm, als spürten sie seine Schwächen und spielten ganz bewusst darauf an. Doch schon erkundigte sich Hanna fürsorglich, ob er gut geschlafen habe, und forderte ihn auf, am Tisch Platz zu nehmen, das Essen sei gleich fertig.

Während der Mahlzeit wurde nur über Belangloses gesprochen, was ihm durchaus recht war. Als Katreinle sich ans Abräumen machte, sagte die Großmutter in ihrer gewohnten, bestimmten Art zu Lorenz: „Die hinteren Beete im Garten müsstest du umstechen, damit ich das Sommergemüse säen kann. Und unser Holzvorrat neben dem Kamin ist auch geschwunden; im Geräteschuppen findest du eine Zaine, damit holst du vom Stapel am Waldrand drüben so viele Scheite, wie du tragen kannst. Bevor es dunkel wird, hast du dann sicher noch Zeit, den Ziegenstall auszumisten."

So wurde er wie selbstverständlich in die Alltagsarbeit eingebunden, als gehörte er zur Familie. Offenbar hatte er ein Zuhause gefunden. Am Morgen, nach seinem späten Aufwachen, hatte er sich gefragt, wie weit er an diesem Tag noch käme, ob es wohl reichte bis ins nächste Dorf. Und jetzt lud ihn Hanna stillschweigend ein zu bleiben! Sogar die Gelegenheit, sich nützlich zu machen, bot sie ihm, damit er sich nicht als ungebetener Gast und Bettler vorkam. Er war glücklich.

Nach dem Abendessen ließ sich Katreinle nicht länger hinhalten und wollte Lorenz' Geschichte hören. Er fühlte sich gut und sorglos, sodass er ohne nachzudenken zu erzählen begann. „Auf einer kleinen Insel lebte einmal der Fischer Jonathan. Er hatte eine Frau und drei Kinder und sie waren sehr arm. Eines Tages ging ihm ein großer, bunter Fisch ins Netz, der reden konnte und versprach, ihm einen Wunsch zu erfüllen, wenn er ihn freiließe."

Das Mädchen setzte eine gelangweilte Miene auf: „Das Märchen von der unersättlichen Ilsebil kenne ich."

„Na, dann erzähl du es mir", gab Lorenz leicht gekränkt zurück, denn er hatte es tatsächlich aus einer Eingebung frei erfunden und von dieser Ilsebil nie gehört.

„Nein, ist schon recht", antwortete Katreinle mit einer großmütigen, verständnisvollen Geste. „Wenn eine Sage dir lieber ist als etwas Wahres, mach ruhig weiter."

Er fühlte sich getroffen, büßte seine Leichtigkeit ein und meinte verunsichert: „Jetzt habe ich den Faden verloren. Zudem bin ich müde und möchte mich hinlegen. Ich erzähle ein anderes Mal weiter." Er stand auf, wünschte eine gute Nacht und zog sich in seine Kammer zurück.

Mehrere Tage weilte Lorenz nun schon bei Hanna und ihrer Enkelin, erledigte die Arbeit, die man ihm auftrug, und verstand es immer wieder, Katreinles neugierige Fragen nach seiner Herkunft, seiner Familie und seinem bisherigen Leben zu umgehen. Die alte Frau war zurückhaltender und ermahnte auch das Mädchen öfter, den Wanderer nicht so zu bedrängen.

Doch als Katreinle jetzt wieder davon anfing, meinte Hanna: „Als ich dir begegnete, warst du doch irgendwohin unterwegs. Ist dir dein Ziel nicht wichtig, dass du so lange hier weilst und offenbar nicht daran denkst weiterzuziehen?"

Verdutzt wandte Lorenz sich ihr zu: „Ich –", begann er, wusste aber gar nicht, was sagen. Es war ihm in diesem Haus sehr wohl, nicht nur, weil er Unterkunft und Verpflegung gefunden hatte, er fühlte sich auch geborgen und hatte sich tatsächlich der Illusion hingegeben, hierher zu gehören.

Die Großmutter spürte seine Verlegenheit und wollte es ihm leichter machen: „Auch wenn es dir an einem Rastplatz gefällt, solltest du dein Ziel nicht aus den Augen verlieren."

Er traute sich nicht zuzugeben, dass er bis anhin nur umhergeirrt, einfach geradeaus der Nase gefolgt war.

Wie hätte er ein Ziel haben können, wusste er doch nicht einmal, wer er war?

„Ich glaube", fuhr die alte Frau fort, „es ist gut für dich, wenn du morgen aufbrichst." Obwohl sie liebevoll und aufrichtig um sein Wohl besorgt sprach, tat es Lorenz weh, dass sie ihn fortschickte.

Doch anstatt seine Empfindungen ehrlich zu zeigen und darum zu bitten, noch eine Weile bleiben zu dürfen, versuchte er, sich nichts anmerken zu lassen und unberührt zu wirken, und antwortete mit gespielter Gleichgültigkeit: „Wahrscheinlich hast du recht. Obwohl es mir nicht so wichtig ist, wo ich bin und was ich tue, werde ich morgen früh euer Haus verlassen." Er konnte aber nicht verhindern, dass etwas Bitterkeit mitklang, als er hinzufügte: „Es war schön, bei euch zu sein. Danke."

Zurück auf der Landstraße, fühlte sich Lorenz wieder als Fremder – mit einem Namen nunmehr, aber deswegen nicht weniger heimatlos und einsam. Von den beiden einzigen Menschen auf der Welt, die er kannte und die ihm etwas Zuneigung und Wärme geschenkt hatten, war er verlassen worden. Er fühlte sich verraten und ungeliebt.

‚Wer bin ich bloß?‘, fragte er sich. ‚Welchen Sinn hat diese Wanderung, wenn ich weder meine Herkunft noch mein Ziel kenne und dennoch weiterziehen muss?‘

Sein Blick fiel auf eine Eidechse, die sich auf einem Stein am Wegrand sonnte. ‚Ob sie sich auch überlegt, was sie hier macht?‘, dachte er und blieb stehen. Ganz in den Anblick versunken und eingebettet in die Zeitlosigkeit der immer währenden Gegenwart, lauschte er dem tief in seiner Seele verborgenen Wissen: ‚Der Weg ist das Ziel, aber der Weg ist nicht der Sinn. Der Weg liegt im Dunkeln, erhellt wird nur gerade der nächste Schritt – geh ihn!‘

Nebelschwaden zogen auf und verschleierten die Sonne, verhüllten alles rings um den Wanderer. Stille, Frieden und Zuversicht senkten sich über ihn. Er ging durch zeitlosen Raum und raumlose Zeit, bis der Nebel schließlich lichter wurde und Ausblick auf eine weitere Wegstrecke gewährte.

Aus der Unsichtbarkeit erschien Lorenz erneut auf dem Lebenspfad und setzte seine Wanderung fort.

Auf der kleinen südländischen Insel war gerade die Ruhe des frühen Nachmittags eingekehrt, als Sirio zur Tür hineinplatzte und sich neben seinen Großvater auf die Bank setzte. Hinter ihm stürmte ein Mädchen in die Küche und stellte sich mit verschränkten Armen herausfordernd vor die beiden. „So frag ihn schon, ob ich nicht recht habe!", sagte sie selbstsicher zu ihrem Bruder.

Ohne aufzuschauen, gab dieser kleinlaut von sich: „Grazia will mir mein Fahrrad wegnehmen!"

„Ist gar nicht wahr!", brüllte die Kleine, ihre überlegene Haltung einbüßend. „Ich wollte nur ein bisschen damit fahren, bis zu Zia Marina und zurück. – Nonno! Du sagst doch immer, wir sollten alles teilen!"

„Ich will jetzt aber nicht", schmollte Sirio.

„Warum willst du denn nicht?" Jonathan stellte die Frage ohne Vorwurf.

„Einfach so. Sie muss nicht meinen, weil sie das Nesthäkchen ist, könne sie immer alles bekommen, wonach sie schreit", antwortete er.

„Hat sie dich denn nicht freundlich darum gebeten?", forschte Jonathan.

„Doch!", triumphierte der Junge. „Richtig darum gebettelt hat sie! Aber ich habe immer nur Nein gesagt."

Da fühlte sich die Schwester, die in Erwartung eines Schiedsspruchs zu ihren Gunsten eine Weile geschwiegen hatte, herausgefordert und brüllte wieder los: „Ganz nett gefragt habe ich, aber der da ist einfach ein Egoist! – Nonno! So sag ihm doch schon, dass es Unrecht ist, nicht zu teilen!"

„So einfach ist es nicht, Grazia", erklärte Jonathan sanft. „Es ist richtig, dass man das, was man besitzt, mit anderen teilen sollte, aus freiem Herzen –"

Sirio nestelte an seinem Hemdkragen. „Jeder Mensch hat das Recht auf einen eigenen Willen", unterbrach er störrisch, verunsichert die Worte wiederholend, die er mehr als einmal von seinem Großvater gehört hatte.

Dieser schmunzelte: „Ja, das habe ich dich gelehrt, und wie ich sehe, hältst du dich daran. – Wenn du mich ausreden lässt, will ich es auch deiner Schwester erklären. Es ist richtig, dass es gut ist zu teilen, es ist ebenso richtig, dass man den Willen eines anderen, soweit es ihn betrifft, achten soll. Du hast kein Recht darauf, dass dein Bruder das macht, was du möchtest, und dir sein Rad gibt – selbst wenn es dir wehtut. Du willst doch auch nicht, dass du etwas tun musst, was ein anderer dir vorschreibt. Ist es nicht so?"

Sie nickte, widersprach dennoch: „Aber es ist nicht schön, wenn jemand ein Egoist ist!"

„Es ist schöner, wenn man freigebig und hilfsbereit ist", räumte der Großvater ein. „Du solltest aber nie etwas erwarten und dich verletzt fühlen, wenn jemand deine Wünsche nicht erfüllt. Das muss der andere allein vor sich selbst verantworten. – Verstehst du das?"

„Ja", antwortete sie missmutig, „ich wäre halt trotzdem gerne mit seinem Rad gefahren!"

Jonathan lachte. „Vielleicht, wenn du nicht allzu sehr bettelst, sondern ihn einfach lieb darum bittest – vielleicht leiht er es dir jetzt. Weißt du, Grazia, das Betteln verrät, wie abhängig du bist, und viele nutzen das dann aus. Du hast es doch gar nicht nötig zu betteln! Aber bitten, das ist etwas anderes: Bitte um das, was du möchtest, was du brauchst – das nimmt dir deine Würde nicht, im Gegenteil, es ist ein Zeichen der Stärke. Komm, versuchs!"

Sie gehorchte, nicht ganz überzeugt, und schaute Sirio flehend an: „Leihst du mir bitte dein Fahrrad?"

„Nicht mit dieser näselnden, verzogenen Stimme!", ermahnte sie der Großvater. „Da spürt man ja förmlich deine Bedürftigkeit! Klar und selbstbewusst sollst du sprechen. Du musst dabei denken: Wenn er mir das Fahrrad gibt, gut, sonst ist es auch recht, es macht mir nichts aus, ich bin trotzdem glücklich. – Frag ihn noch einmal!"

Sie konzentrierte sich einen Augenblick und wiederholte den Satz, freundlich und beinahe unbeteiligt.

„Von mir aus", antwortete der Junge, „aber nimm es bitte bei Zia Marina mit ins Haus hinein, damit es nicht gestohlen wird."

Das Mädchen schaute ihn mit großen Augen an und eilte pfeifend davon, bevor er es sich anders überlegen konnte. Sirio aber blieb und meinte nachdenklich: „Ich weiß eigentlich nicht, warum ich ihr das Rad nicht leihen wollte – und warum ich es ihr jetzt trotzdem gegeben habe…"

„Ich ermuntere dich doch immer wieder, das zu tun, was du spürst", erklärte der Großvater lächelnd, „auch wenn du wie eben nicht weißt warum. Deine innere Stimme ist die einzige Stimme, auf die du dich bedingungslos verlassen sollst: Selbst wenn alle gegen dich sind, lass dich nicht beirren und hab keine Angst. Es braucht oft mehr Mut, Nein zu sagen, als nachzugeben. Und weißt du, Sirio, manchmal hilfst du einem Menschen mehr, indem du ihm etwas verweigerst, als wenn du seine unbedeutenden, egoistischen Wünsche erfüllst. Vertraue darauf, dass die Stimme deiner Seele aus dem höheren Wissen schöpft und auch weiß, was für die anderen das Beste ist."

8

Den ganzen Tag wanderte der Heimatlose. Die Landschaft war hügelig und lieblich. Er kam an einzelnen Gehöften vorbei, zog durch kleine Weiler und Dörfer, hielt sich nirgendwo auf, sprach mit keinem. Bei Verzweigungen wählte er immer den Weg Richtung Norden: Er hatte sich willkürlich dafür entschieden, um wenigstens ein vermeintliches Ziel zu haben, und blieb stur dabei, selbst wenn ihn der andere Pfad manchmal stärker anzog – anstatt sich bei jedem Schritt von innerer Weisheit führen zu lassen und die unsichtbaren Wegweiser zu erspüren.

Lange bevor die Sonne den westlichen Horizont erreichte, begann er, sich nach einer Unterkunft für die Nacht umzusehen. In einem Wald kam er an einer Holzfällerhütte vorbei, doch sie war mit einem rostigen Schloss verriegelt. Etwas später erreichte er einen verlassenen Stall, in dem aber kein bisschen Heu zurückgeblieben war, worauf er sich ein Lager hätte einrichten können.

Noch einige Meilen weiter, und jetzt war die Sonne tatsächlich bereits am Untergehen, erreichte er eine kleine Stadt. Am Tor stand ein Wachtposten, der ihn argwöhnisch musterte, ihn aber nicht aufhielt. Er erreichte den Hauptplatz; nachdem er sich am Brunnen erfrischt hatte, überlegte er, was zu unternehmen sei. Einfach an eine Tür anklopfen und bitten, die Nacht auf der Ofenbank verbringen zu dürfen – das traute er sich nicht.

Nur wenige Menschen waren noch unterwegs; sie gingen alle zielgerichtet irgendwohin, sicher in ihre Häuser. Niemand schien den Wanderer zu bemerken. Er wollte gerade wieder aufbrechen, um den Ort zu verlassen, bevor die

Stadttore geschlossen wurden, als eine Frau, gut doppelt so alt wie er, mit einem Steingutkrug zum Brunnen kam.

Er grüßte. Dann nahm er all seinen Mut zusammen – er stellte erstaunt fest, wie es ihm gar nicht so schwer fiel – und fragte: „Wenn du in dieser Stadt wohnst, weißt du bestimmt, wo ich die Nacht verbringen könnte. Ich habe allerdings kein Geld, aber ich bin bereit, als Gegenleistung zu arbeiten."

„Ich bin nicht von hier", sagte sie, während sie den Krug füllte. „Dennoch weiß ich, wo du schlafen kannst. Komm mit!", forderte sie ihn auf. Mit raschen, beschwingten Schritten überquerte sie den Platz, bog in eine Seitengasse ein, gelangte durch ein Portal und einen Innenhof in ein Fachwerkhaus. Der Eingang war so niedrig, dass Lorenz sich bücken musste. Dann stand er in einer heimeligen Küche, in der es nach Essen duftete und vom Kamin her eine wohlige Wärme strahlte.

Die Frau stellte den Krug auf den Tisch und bot ihm einen Hocker an. „Du wirst deinen Schlafplatz und dein Essen abverdienen müssen", sagte sie, während sie sich ebenfalls setzte. „Aber dein Gastgeber ist ein gerechter Mann. Er wird von dir nicht mehr als eine kleine Gefälligkeit fordern."

Sie stellte sich vor, sie heiße Julia, und erzählte ihm, auch sie sei hier, im Haus eines Webers, nur zu Gast und verdiene sich ihren Aufenthalt, indem sie dem Witwer den Haushalt besorge und die Stelle seiner vor Jahren verstorbenen Frau einnehme. Lorenz wunderte sich, dass sie sich die Freiheit herausnahm, ihn einzuladen. Doch der Hausherr, der kurz darauf zurückkehrte, schien nichts dagegen zu haben und hieß ihn willkommen.

Am nächsten Morgen erfuhr Lorenz, welche Gegenleistung für das Nachtlager zu erbringen war: Er musste
einen Karren mit allerlei Tuch, das der Mann gewebt
hatte, beladen und helfen, ihn bis zur Fabrik, die etwa
zwei Stunden entfernt lag, zu ziehen. Seine Glieder waren
zwar noch schwer vom langen Fußmarsch des Vortags,
er rechnete sich aber aus, dass zwei Stunden hin und zwei
zurück nicht allzu anstrengend wären.

Gleich nach dem Frühstück machten sie sich auf den
Weg, er und der Weber, und zu seinem Erstaunen schloss
sich ihnen auch Julia an. Der Arbeiter war ein wortkarger
Mann, aber auch die Frau, die am Abend zuvor noch über
dieses und jenes heiter geplaudert hatte, schien ganz in
ihren Gedanken versunken und schwieg. Unterwegs luden
sie bei weit herum verstreuten Höfen noch Tuch auf, das
man dort gewebt hatte.

Als sie die Fabrik, ein langgezogenes, altes Gebäude
an einem Wasserlauf, erreichten, erklärte der Weber nicht
ohne Stolz, es sei eine der ersten im ganzen Land und die
Mechanisierung sei für die armen Bauern der Gegend ein
Segen, denn sie könnten nun etwas dazuverdienen.

Während Lorenz zustimmend nickte, schüttelte Julia
missbilligend den Kopf, schwieg aber – sie hatte mit dem
Weber schon öfter darüber gesprochen, dass die Revolu-
tion, die erst vor wenigen Jahrzehnten der Herrschaft des
Adels ein Ende gesetzt hatte, durch diese neue Macht,
die auf Geld und Besitz beruhte, verraten wurde.

Nachdem sie die Ware abgeladen hatten, verabschiedete
sich der Weber von Lorenz. Erst da begriff dieser, dass er
nicht in das Haus, in dem er die letzte Nacht verbracht
hatte, zurückkehren würde, und zum zweiten Mal zer-

schlug sich seine Hoffnung, ein Zuhause gefunden zu haben. Noch bevor er sich jedoch seiner Enttäuschung hingeben konnte, hörte er erstaunt, dass der Weber mit bedauernder und wehmütiger Stimme auch Julia alles Gute wünschte. Sie hingegen fand ihre Fröhlichkeit wieder und rief Lorenz, der etwas abseits stand, übermütig zu: „Sollen wir eine Münze werfen, in welche Richtung wir gehen, oder lässt du mich entscheiden?"

Er verstand immer noch nicht und rührte sich nicht von der Stelle. Des Alleinseins war er überdrüssig und nur allzu gerne hätte er eine Gefährtin gehabt! Doch gehörte Julia nicht zum Weber? Wie sie ihn so unentschlossen sah, wandte sie sich um und rief schon im Gehen: „Komm endlich, das ist kein guter Platz, um Wurzeln zu schlagen!"

Jetzt ließ er sich nicht länger bitten. Schnell lief er ihr nach und holte sie ein. „Ich wäre gerne geblieben. Der Weber scheint mir kein schlechter Mensch, und ich mag das Herumziehen nicht. Ich sehne mich nach einem richtigen Zuhause." Er wunderte sich, dass er seine geheimen Wünsche so unbedacht preisgab. „Aber warum schickt er auch dich fort?", fragte er. „Ich hatte den Eindruck, dass er dich mag."

Julia lachte schallend. „Nur zu gerne würde er mich bei sich behalten! Aber ich will weiter – ich habe schon viel zu lange hier verweilt."

Lorenz konnte das nicht begreifen. „Mir schien aber –", er stockte, „du seist mehr als ein Gast…"

Wieder lachte sie, laut und unbeschwert: „Du meinst, weil ich mit ihm geschlafen habe? Das ist meine Art, mich für die Unterkunft erkenntlich zu zeigen. Aber deswegen muss ich doch nicht ewig bei ihm bleiben!"

Lorenz war entrüstet: Bis dahin hatte er sie recht nett gefunden, und jetzt musste er feststellen, dass sie nichts als eine Dirne war. Sie schien seine Gedanken zu erraten. „Du hast kein Recht, schlecht von mir zu denken", sagte sie ernst, mit ruhiger, gefasster Stimme. „Auf dieser Wanderschaft gebe ich manchmal noch meinen Körper her, aber meiner Seele werde ich nicht länger untreu. Ich verliere mein Ziel nicht aus den Augen, ich hänge nicht an Orten, an Menschen unterwegs."

Wieso fühlte er sich bloß schuldig? Warum empfand er ihre Worte als Tadel? Er verteidigte sich, obwohl sie ihn überhaupt nicht angegriffen hatte: „Ich habe kein Ziel! Ich weiß nicht, woher ich komme, und ich weiß nicht, wohin ich gehen soll."

„Jeder Mensch hat ein Ziel", erwiderte sie barsch. „Und sei es nur das Unterwegssein. Man kann sich doch nicht einfach irgendwo, weil gerade jemand zufälligerweise ein bisschen freundlich ist, niederlassen!"

Jetzt ärgerte sich Lorenz über diese Frau, die zwar keine Ahnung hatte, was in ihm vorging, sich aber anmaßte, ihm Vorwürfe zu machen. „Rede du für dich!", zischte er, bemüht seine Wut zu verbergen. „Ich weiß nicht einmal, wer ich bin, und schon gar nicht, wo mein Zuhause ist!"

„Und deswegen begnügst du dich mit dem Erstbesten?", meinte sie spöttisch. „Willst die Suche einfach aufgeben, vor dich hin leben, ohne Ziel und ohne Sinn?"

Er hielt seinen Zorn nicht länger zurück und schrie sie an: „Ausgerechnet eine wie du meint, sie müsse mir etwas von Sinn und Suche erzählen!"

Julia ließ sich nicht auf einen Streit ein. Sanft und mütterlich hörte sich ihre Stimme nun an: „Beurteile die

Menschen nie nach ihrem Verhalten, wenn du es nicht verstehst. Gerade weil ich suche, ziehe ich umher. Und ich verzweifle nie daran, glaube fest, dass mich das Schicksal führt, und versuche die Zeichen am Wegrand zu deuten. Ich werde des Suchens nie müde – ich wurde es selbst früher nicht, als ich mein Ziel noch gar nicht recht kannte."

Angesichts ihrer Ruhe schämte sich Lorenz, die Beherrschung verloren zu haben, fasste durch ihren unerwarteten Stimmungswechsel Vertrauen und erzählte ihr seine Geschichte vom Augenblick an, als er mitten in der Nacht am Rand des Teiches im Schlamm aufgewacht war. Sie hörte aufmerksam zu, nickte zuweilen, bis er alles berichtet und nochmals eingestanden hatte, wie einsam er sich fühlte, als wäre er allein auf der Welt.

Sie ließ sich von seiner Traurigkeit einfangen. „Allein sind wir doch alle", stimmte sie wehmütig zu. „Keiner weiß genau, wohin er gehört. Denkst du, ich sehne mich nie nach einer Familie, einem Mann, nach Menschen, bei denen ich mich geborgen fühlen kann? Was habe ich früher alles gemacht für ein bisschen Liebe! Und doch trieb es mich von jedem vermeintlichen Zuhause fort, etwas Drängendes in mir, das mich immer wieder, mit aller Macht anspornte weiterzusuchen."

„Aber was denn?", warf Lorenz ungläubig ein. „Was suchst du eigentlich? Was kannst du dir mehr wünschen als Liebe und Geborgenheit!"

Julia lächelte. „Lange wusste ich nicht, was es ist. Aber eines Tages wurde mir plötzlich klar: meine wahre Heimat, aus der ich vor langer, langer Zeit aufgebrochen bin, den Ort, an dem ich die Geborgenheit nicht mehr draußen, sondern in mir selbst finden werde."

Ihre Wehmut drang Lorenz bis ins Innerste des Herzens, sodass er sie wie die seinige empfand, und auch in ihm loderte mit einem Mal eine neue Art Heimweh auf, die Sehnsucht nach dem verlorenen Ursprung. Zugleich spürte er auch seine Zuneigung für Julia, weil sie in ihm diese tiefe, beglückende, bereichernde Empfindung weckte.

„Es tut mir leid, wenn ich dich vorhin verletzt habe." Schüchtern und zögerlich traute er sich, ein Geständnis und eine Bitte auszusprechen: „Ich mag dich. Darf ich eine Zeit lang bei dir bleiben?"

Sie nickte lächelnd. Erst da fiel ihm auf, wie viel Wärme und Zärtlichkeit aus ihren Augen strahlte.

Eine ganze Weile gingen sie schweigend nebeneinander. Plötzlich zupfte sie an seinem Hemdrücken. „Seltsam", sagte sie, „ich dachte, ein Goldkäfer hätte sich auf dir niedergelassen oder eine Biene dich mit gelbem Blütenstaub betupft; aber das ist es nicht, es scheint geradezu mit dem Stoff verwoben zu sein."

Schulterzuckend meinte er: „Was auch immer meine schlammfarbenen Kleider aufhellt, es soll mir recht sein."

Der Weg folgte immer noch dem Bach, der fröhlich gurgelnd über die Steine plätscherte. Lorenz lauschte der abwechslungsreichen Melodie. Sie machte seinen Schritt beschwingter, und die leise Strömung zog seine Gedanken mit sich fort. „Ich sehe mich diesem Bächlein folgen", sagte er verträumt, „bis es in einen Fluss mündet, diesem dann, bis er mit einem großen Strom zusammenfließt, und so immer weiter bis zum Meer."

Nüchtern und kein bisschen schwärmerisch erwiderte Julia: „Ich würde dem Wasserlauf lieber aufwärts folgen, immer höher hinauf bis zur Quelle, woraus auch der größte Strom seinen Anfang nimmt."

Zuerst etwas gekränkt, weil er seinen poetischen Gedanken durch ihre sachliche Aussage entwertet sah, überlegte er aber, dass auch ihre Quelle nur vom Wasser genährt wird, das aus dem Meer verdunstet und wieder herabregnet. Er sagte es ihr, ohne einen leisen Triumph in seiner Stimme verbergen zu können.

Sie schmunzelte über seine kindische Rechthaberei: „Anfang und Ende sind nur Worte, Bilder, die uns eine Vorstellung vermitteln. In Wahrheit ist es ein ewiger Kreislauf. Natürlich meint der Wassertropfen, der aus der Erde sprudelt, hier beginne sein Leben, denn an die Zeit, als die Sonne ihn aus dem Meer hob, und an seine Wanderung als Wolke durch den Himmel erinnert er sich nicht. Vielleicht dass er manchmal noch eine Ahnung davon hat, wie er als Regen wieder zur Erde fiel…"

„Dennoch scheint mir", unterbrach Lorenz, „dass es auch in einem Kreislauf eine Richtung gibt: Vorwärts geht es flussabwärts und nicht hinauf."

„Jedenfalls weißt du jetzt, wann unsere Wege sich trennen." Sie sagte es gleichmütig und unbeschwert.

„Wann?", fragte er aufgeschreckt, denn er war überaus glücklich, nicht mehr allein zu sein; die Vorstellung, Julia könnte ihn schon bald verlassen, machte ihn traurig.

„Du hast es soeben selbst gesagt: Du willst zum Meer – und ich zur Quelle."

„Ich habe doch nur so dahergeredet", wiegelte er ab, „ich habe kein Ziel. Es hat für mich keine Bedeutung, wohin ich ziehe. Wenn es dir also wichtig ist, aufwärts zu wandern, so will ich dich gerne begleiten."

„Merkst du denn nicht", schalt sie ihn, „dass du jetzt ein Ziel gefunden hast? Dein Wunsch, ans Meer zu gelangen, ist aus deiner Tiefe aufgestiegen – und das nennst du ohne Bedeutung? Wie willst du je deinen Weg finden, wenn du nicht auf deine innere Stimme hörst?"

„Es ist doch nur, weil ich dachte, in dir eine Gefährtin gefunden zu haben. Bevor ich dir begegnet bin, habe ich mich so einsam gefühlt! Findest du denn nicht auch, dass es zu zweit schöner ist? Da muss man manchmal zu Kompromissen bereit sein."

„Kompromisse!", rief sie verächtlich. „Aus Freundschaft auf einen eigenen Wunsch zu verzichten, das bringt Segen. Aber dich treibt die Angst, nichts als die Angst, mich zu verlieren. – Widersprich nicht!", kam sie seinem Einwand zuvor. „Die Angst ist listig, sie kennt viele Schliche und gibt sich gerne für hehre Gefühle aus wie Großzügigkeit, Hilfsbereitschaft, ja sogar Liebe."

Sie hatte ihn durch ihre Rede nicht wenig eingeschüchtert. Er durfte sie nicht noch mehr verärgern; trotzdem musste er sie unbedingt dazu bringen, dass sie ihn nicht im Stich ließ. „Bestimmt hast du recht", lenkte er vorsichtig ein, „ich habe Angst, dich zu verlieren. Aber es ist für mich tatsächlich nicht wichtig, welchen Weg ich einschlage. Das mit dem Meer war doch nichts weiter als eine dumme Eingebung."

Sie blieb stehen und sah ihn aus blitzenden Augen an: „Eine Eingebung ist nie dumm! Gedanken können dumm sein. Aber die Eingebung kommt aus der Seele, in der die Weisheit verborgen ist. Du suchst doch dein Zuhause: Wie willst du es je finden, wenn du dich nicht von deiner Seele leiten lässt?"

Was er auch sagte, es schien seine Lage nur zu verschlimmern. Deshalb schwieg er, bis er glaubte, einen rettenden Einfall zu haben: „Gerade spüre ich, wie mein Wunsch, mit dir zusammen zu sein, stärker ist als der Wunsch, das Meer zu sehen: Das muss also die wahre Eingebung sein!"

Jetzt lachte sie, und er meinte schon, sie überzeugt zu haben, stimmte in ihre Heiterkeit ein. „Jetzt sieh dir einmal an", sagte sie sofort wieder ernst, „wie schlau deine Angst ist. Deine Vorstellung, flussabwärts zu wandern, kam auf, bevor du wusstest, wohin es mich zieht. Das war eine echte Eingebung, ein Bild, das aus dem Nichts zu entspringen scheint. Alles, was nachher folgt, sind nur noch Ausreden und Ausflüchte; das verrätst du allein dadurch, dass du plötzlich von Wünschen redest. Wie kannst du bloß deine Eigenständigkeit wegen etwas Zweisamkeit verraten? Wie willst du je herausfinden, wer du bist, wenn du dich immer an einen anderen lehnst?"

Etwas in Lorenz spürte, dass sie die Wahrheit sprach, aber ein anderer Teil in ihm wollte es nicht zugeben und fühlte sich bloß verletzt und zurückgewiesen. Weinerlich flehte er: „Lass mich dich wenigstens noch eine Zeit lang begleiten, dorthin, wo du möchtest, bitte. Später werde ich meinen eigenen Weg dann schon gehen."

„Du bettelst wie ein unwürdiger Wurm!", sagte sie hart. „Du widerst mich an." Sie wandte ihren Blick von ihm ab und beschleunigte ihren Gang, als ob sie ihn zurücklassen wollte. Verzweifelt ging auch er schneller, aber er wagte es nicht, wieder an ihre Seite aufzuschließen, und blieb ein paar Schritte hinter ihr. Er war verwirrt. ‚Ist es denn wirklich so falsch, sich nach ein bisschen Nähe zu sehnen?', fragte er sich deprimiert.

Mehrere Stunden zog sie dahin, ohne sich ein Mal nach ihm umzudrehen, und er trottete hinter ihr her. Der Weg hatte sich vom Bach entfernt, der jedoch immer noch in Sichtweite lag, wie die ihn säumenden Bäume und Büsche verrieten. Die beiden Wanderer näherten sich ihm wieder, als sie ein Dorf erreichten, wo eine gedeckte Holzbrücke die Ufer verband. Lorenz stellte bewundernd fest, dass der bisher bescheidene Wasserlauf zu einem richtigen Fluss angewachsen war.

Auf dem Hauptplatz angelangt, ging Julia gerade auf den Brunnen zu; er folgte ihr erleichtert, denn er litt schon lange Durst. Während sie ihre Hände und ihr Gesicht wusch, trank er vom frischen Wasser. Es kam ihm in den Sinn, wie sie einander am Abend zuvor an einem Brunnen begegnet waren.

„Es dauert zwar noch lange bis Sonnenuntergang", sagte sie, als ob nie eine Missstimmung zwischen ihnen gewesen wäre, „aber wir sollten uns hier um ein Nachtlager bemühen, wer weiß, wie weit es noch bis ins nächste Dorf ist."

Überglücklich, dass sie sich beruhigt hatte und nicht länger wütend auf ihn war, pflichtete er ihr eifrig bei.

9

Am nächsten Morgen brachen Lorenz und seine Gefährtin zeitig auf und zogen auf der Landstraße stromabwärts. Sie waren noch nicht lange gewandert, als sie an eine Verzweigung gelangten und Julia, scheinbar ohne zu überlegen, den Weg geradeaus einschlug, der sich allerdings vom Fluss entfernte, während der andere Pfad ihm folgte. Eingedenk der Auseinandersetzung des vergangenen Tages wagte Lorenz nicht, etwas dagegen einzuwenden. Viel später, als der Wasserlauf schon lange außer Sicht war, rasteten sie, um sich kurz auszuruhen und etwas zu essen. Da er die Gefährtin bei bester Laune sah, stellte er die Frage, die ihn seit Stunden beschäftigte: „Warum haben wir den Fluss verlassen?"

„Hast du das erst jetzt gemerkt oder traust du dich erst jetzt zu fragen?", antwortete sie ironisch. Schon bereute er, es überhaupt zur Sprache gebracht zu haben. Sie fuhr indes in einem sachlichen Ton fort: „Flüsse mäandern, es ist deshalb nicht nötig, jeder Schlaufe zu folgen. Wir gehen einfach geradeaus, und irgendwann treffen wir ihn bestimmt wieder."

Er wollte ihr zeigen, dass seine vermeintlich dumme Frage so unüberlegt gar nicht war: „Und wenn es sich nicht bloß um eine Schlaufe gehandelt und der Fluss seine Richtung geändert hätte? Dann würden wir ihn ja verlieren…"

„Man muss den direkten Weg wählen – man braucht nicht jeder Windung zu folgen, als sei es unverrückbares Schicksal. Und wenn wir einmal einen falschen Pfad einschlagen – macht nichts, suchen wir den Fluss eben wieder, diesen oder einen anderen."

„Und wenn wir etwas verpassen, weil wir ihm nicht treu gefolgt sind?"

„Du kannst auch etwas verpassen, wie du es nennst, wenn du nicht geradeaus gehst." Julia lachte. „Bist du einfältig! Wir wissen ja nie, was auf unserem Weg liegt, also ist die eine Entscheidung so gut wie die andere."

Wie sie wieder unterwegs waren, hänselte sie ihn noch lange wegen seiner Angst, ihm könnte etwas entgehen, und versicherte ihm, sie würden seinen Fluss bald wiederfinden. Doch an diesem Tag wanderten sie nur noch über Felder und durch Wälder, ohne ihm erneut zu begegnen.

Erst am nächsten Tag, nachdem sie eine leichte Anhöhe erklommen hatten, erblickten sie unten im Tal den Fluss, eine Steinbrücke schwang sich hoch über ihm. Julia schaute Lorenz triumphierend an, während er sich fragte, ob es wirklich der gleiche Fluss sei. Sie verließen den Weg; über die Wiesen erreichten sie bald die Brücke.

Als sie nebeneinander oben standen, sahen sie, wie sich der Fluss nur wenig weiter mit einem gewaltigen Strom, der von Norden kam, vereinte. „Ihm werde ich folgen", verkündete Julia feierlich.

Lorenz lachte. „Es wird uns nichts anderes übrig bleiben! Unseren kleinen Fluss gibt es ja nicht mehr…"

Sie schaute ihn ernst an. „Du hast mich nicht verstanden. Ich folge dem Fluss aufwärts zur Quelle; du setzt deinen Weg talabwärts fort, bis du zum Meer kommst."

Nach der wiedergefundenen Eintracht hatte er sich der Hoffnung hingegeben, sie habe den Gedanken an die Trennung begraben. Ihre Worte trafen ihn unvorbereitet und lösten erneut Schmerz und Angst aus. „Bitte, lass mich nicht allein", wimmerte er, erinnerte sich aber sofort, dass sie sein Betteln als würdelos verurteilt hatte, und änderte seinen Tonfall. „Ich habe beschlossen, ebenfalls zur Quelle zu wandern", sagte er und bemühte sich, seiner Stimme einen selbstsicheren, überzeugten Klang zu verleihen.

Sie zuckte mit den Schultern. „Mach, was du willst. Mir kann es egal sein, wenn du den Ruf deiner Seele missachtest. Dann zieh los, ich lege hier am Ufer noch eine Rast ein."

Er schaute sie verstört an. „Wie – wenn wir denselben Weg haben, können wir ihn nicht gemeinsam gehen?"

„Nein, ich will allein weiter", gab sie bestimmt zurück.

Noch bevor er seine Enttäuschung äußern konnte, fügte sie aufmunternd hinzu: „Du schaffst es auch ohne mich, es wird dir guttun, nur noch auf dich selbst zu hören – so wirst du bald im Einklang mit dir sein."

„Ich werde verhungern und im Winter erfrieren – du weißt doch, wie schwer mir das Betteln fällt...", wandte er zerknirscht ein. „Ich bin nicht so wie du, ich kann das nicht!"

Sie erwiderte: „Ich kann nicht! ‚Ich kann nicht' gibt es nicht. Du willst nur nicht."

Trotzig schüttelte er den Kopf und wiederholte stur: „Nein, ich kann nicht."

„Du kannst nicht?", meinte sie bissig. „Hast du keine Zunge, bist du stumm? Es macht mir gar nicht den Eindruck. Du brauchst doch nur zu sagen: Bitte, gib mir etwas zu essen! Bitte, darf ich mein Nachtlager bei dir aufschlagen?"

„Ich kann das nicht", wiederholte er weinerlich – aus alter Gewohnheit, denn ein Teil von ihm fühlte sich alles andere als niedergeschlagen. In seiner Seele keimte die

Freude über die neue Herausforderung, er spürte den Willen zu lernen und, stärker als alles andere, das Vertrauen, dass es nur zu seinem Besten war.

„Du musst es einfach versuchen, wenigstens versuchen!" Ihr Ansporn war im Gleichklang mit seiner eigenen zuversichtlichen Schwingung und machte sein Herz ganz leicht. Wie sie weitersprach, dachte er sogar, sie lese ihre Worte von seinen Augen ab, so sehr meinte er, sie schon zu kennen. „Du wirst sehen: Wenn du es ein Mal geschafft hast, geht es das zweite Mal viel leichter, und bald verstehst du gar nicht mehr, dass es dir einst so schwergefallen ist. Und immer dann, wenn du wirklich nicht mehr weiterweißt, begegnest du jemandem, der dir hilft. Das habe ich immer wieder erfahren – es scheint ein Gesetz des Lebens zu sein. Hab doch Freude an dieser Wanderung, genieße sie, nimm dir ihre schönen Seiten, sie stehen dir zu!"

Sie umarmte ihn. „Und jetzt geh deinen Weg zum Meer." Dann schritt sie aufrecht ans andere Ufer.

Er schaute ihr nach, bis sie seinem Blick entschwand.

Lorenz setzte sich ins Gras und wandte seinen Blick nach innen. Die ganze Wanderung, vom Tag an als er Hannas Haus verlassen hatte, lief in ihm ab, und er durchlebte auch seine Empfindungen nochmals: Leere und Traurigkeit, wenn er meinte, das Schicksal treibe ein grausames Spiel mit ihm, stelle ihn auf einen einsamen, unüberschaubaren, unbekannten Weg und zwinge ihn, weiterzugehen und zu lernen – was eigentlich? Dass die Einsamkeit wehtut? Dass die Freude, einem Menschen zu begegnen, den man lieben könnte, immer dadurch getrübt wird, dass man ihn verliert? Lag überhaupt ein Sinn in dieser Wanderschaft? Spielte es eine Rolle, welchen Weg man einschlug?

Aber dann stieg auch das Vertrauen in eine weise, allwissende Führung auf und die Zuversicht, seinen Weg zu meistern und mit Freude zu beschreiten.

Das in ihm verborgene Licht der Weisheit leuchtete hell, und während ein Sonnenstrahl auf seine geschlossenen Lider traf, fand er aus seiner Rückschau langsam in eine neue Gegenwart.

Er öffnete die Augen, und alles Vergangene war weit weg, Hanna und Katreinle nur noch ein verblasstes Abbild, Julia eine Erinnerung aus früherer Zeit; es war ihm, als erwachte er zu einem neuen Leben, worin Gewesenes in seiner Essenz bewahrt war, nicht jedoch in Einzelheiten.

Er stand auf und begann seine Wanderung wie von Neuem – indem er sie an der Stelle fortsetzte, an der er sie vor seiner zeitlosen Rast unterbrochen hatte, und mit dem Ziel, das seit Ewigkeiten wartete.

Lange folgte Lorenz dem breiten Strom und spürte, wie dieser seinen Weg kannte, sich in seinem Flussbett sicher geführt wusste und seinem Ziel, dem Meer, unaufhaltsam und freudig entgegenstrebte.

Von einer Anhöhe aus, auf die er auswich, weil die Flussaue sumpfig war, sah er eine Stadt vor sich liegen, so groß, dass er ihre ganze Ausdehnung nicht überblicken konnte. Der Fluss durchquerte sie in einem weiten Bogen. Lorenz fühlte sich von Menschenansammlungen nicht angezogen, aber er wusste keine andere Möglichkeit, dem Flusslauf zu folgen, als ebenfalls die Stadt zu durchqueren, wollte er nicht einen riesigen, nicht überschaubaren Umweg machen. Zudem sah er am Horizont dunkle Wolken aufziehen und hoffte, irgendwo Schutz vor dem drohenden Unwetter zu finden, in einer Kirche oder unter den Lauben, die bestimmt die Hauptstraße säumten, auf der die Händler ihre Geschäfte betrieben.

Er setzte seinen Weg fort und schritt schon bald durch ein mächtiges Stadttor, folgte vorerst der Hauptstraße und bestaunte fasziniert den lebhaften Verkehr der vielen Droschken und der wenigen Automobile, denen jedermann bewundernd nachschaute, er beobachtete, wie fein gekleidete Damen mit eleganten Hüten und geschäftig wirkende Herren mit gepflegten Schnurrbärten den Bürgersteig, die vornehmen Geschäfte und Kaffeehäuser bevölkerten.

Dann bog er in eine schmale Gasse ein und verlor den Fluss bald aus den Augen, denn die Häuser standen zu eng beisammen. Plötzlich rollte ein blauer Ball auf ihn zu.

Geistesgegenwärtig stoppte er ihn mit dem Fuß, und schon kam ein kleiner Junge angerannt, der ihn sogleich an sich nahm. Erwartungsvoll zum Fremden aufschauend, fragte er: „Spielst du mit mir?"

Lorenz konnte dem Kleinen die Bitte nicht abschlagen. Er streckte die Arme aus, während er zwei Schritte zurücktrat, und rief: „Los, wirf ihn mir!"

Die Augen des Jungen leuchteten auf, und er schleuderte den Ball unbeholfen auf den Mann zu. Dieser musste flink zur Seite springen, um ihn gerade noch mit der flachen Hand zurückzuschlagen.

Da quietschte der Kleine vor Vergnügen und beim nächsten Mal versuchte er absichtlich, den Ball noch weiter an Lorenz vorbei zu werfen, der ihn aber erwischte und mit einer eleganten Drehung um sich selbst zurückspielte. Das Lachen des Jungen erwärmte sein Herz, und er überbot sich in Kunststückchen, wie er ein ums andere Mal den Ball annahm und zurückwarf, ob er ihn hoch in die Luft wirbelte und mit dem Kopf hinüberstieß oder sich umwandte und ihn durch die gespreizten Beine hindurchrollte. Bei der Hingabe ans unbeschwerte Spiel vergaß er die Zeit und merkte nicht, wie der Himmel immer düsterer wurde. Erst als große Tropfen auf die Pflastersteine klatschten, schaute er besorgt nach oben. „Wo wohnst du denn? Du musst nach Hause, bevor du ganz nass wirst!", sagte er.

Der Kleine wies auf eine Tür nur wenige Schritte weiter, die sich gerade öffnete. Eine junge Frau trat auf die Schwelle und rief: „Timi, komm heim, es regnet schon!"

Lorenz ging auf sie zu und fragte: „Darf ich auch zu Euch hineinkommen, bis das Gewitter vorbeigezogen ist?"

Sie nickte und führte ihn in die Küche. „Ich habe euch vom Fenster aus schon eine ganze Weile zugeschaut", sagte Dorothea, nachdem sich Lorenz auf einen Schemel gesetzt hatte. „Meine kleine Maus", sie strich ihrem Kind liebevoll übers lockige Haar, „ist ja ganz nass geschwitzt, er bekommt vom Herumtollen nie genug! – Ich mache uns einen Tee", fügte sie hinzu und schritt zum Herd.

Timi turnte übermütig auf Lorenz herum, stieg ihm zuerst auf den Schoß, versuchte dann, auch von hinten an seinem Rücken hochzuklettern. „Ist das schön!", rief er plötzlich und hielt inne. „Es glitzert wie Gold! Und da ist noch eins!" Er legte seine kleine Hand behutsam auf Lorenz' Schulterblatt und streichelte ehrfürchtig etwas, was Lorenz, so sehr er den Kopf auch drehte, nicht sehen konnte. „Das ist eine wunderschöne Kleidung!", sagte der Kleine. „Bist du ein König?"

Lorenz wusste nicht, ob er jetzt lachen oder traurig werden sollte. An sein dunkles Gewand hatte er sich mittlerweile so gewöhnt, dass er es als Teil von sich empfand und es ihn nicht länger störte. Dass ein kleiner Junge nun etwas Schönes daran fand, rührte ihn.

„Nein, ich bin kein König", antwortete er endlich sanft. „Ich bin ein armer Wandersmann, der gar nichts besitzt, seit undenklichen Zeiten unterwegs ist und nicht weiß, ob er je irgendwo ankommen wird." Dann wandte er sich der Frau zu: „Könnt Ihr mich für eine Nacht beherbergen?"

Während Dorothea die Stirn runzelte und nur zögernd nickte, rief der Junge begeistert: „Oh ja, bitte Mama, dann kann ich morgen wieder mit ihm spielen!"

Draußen blitzte und donnerte es und der Regen prasselte gegen die Fenster. Doch das war nur ein zahmes Naturschauspiel, verglichen mit dem gewaltigen Vulkanausbruch in Lorenz' Brust: Er hatte es geschafft! Es war ihm gelungen, um das zu bitten, was er brauchte, und man hatte ihn nicht zurückgewiesen. Seine Augen füllten sich mit Tränen, er empfand eine große Dankbarkeit, weniger für Dorothea, die sich nicht getraut hatte, ihm die Gastfreundschaft zu verwehren, als für die höhere Macht, von der er sich über diese Schwelle getragen wusste.

12

„Nonno, was würdest du dazu sagen, wenn ich von der Insel fortginge?", fragte der junge Mann und schaute seinem Großvater erwartungsvoll in die Augen.

„Dann möchte ich wissen wollen, was dich dazu veranlasst", antwortete Jonathan.

„Das weiß ich eben nicht", meinte Sirio nachdenklich, „ich hoffe, du wirst es mir erklären. Ich bin vor ein paar Tagen mit dem Gedanken aufgewacht, in den Norden zu ziehen. Ich habe keine Ahnung warum und nicht einmal genau wohin, nur dass es am Meer sein soll. Die Gegend zwischen Venedig und Triest ist mir in den Sinn gekommen, obwohl ich da noch nie war..."

„Deine Seele treibt dich offenbar in eine Erfahrung, die dort auf dich wartet, oder vielleicht sollst du auch nur für jemanden als Werkzeug dienen. – Wirst du ihrem Ruf folgen?"

„Habe ich denn eine Wahl?", gab der junge Mann lächelnd zurück.

„Nicht wirklich – und wie ich merke, weißt du das!" Der Großvater umarmte seinen Enkel. „Es ist schön zu sehen, dass du ohne zu zaudern deinen Weg gehst."

Sirio erwiderte sanft: „Einen Nonno wie dich zu haben, ist ein kostbares Geschenk. Du hast mich doch von klein auf gelehrt, meiner inneren Stimme zu vertrauen und nie an ihr zu zweifeln, selbst wenn ich keine Ahnung habe, was dabei herauskommt."

„Sei nicht so bescheiden", ermahnte ihn der Greis, tief berührt von den liebevollen Worten. „Nicht alle Menschen haben den Mut, auf sich zu hören. Leicht ist es in der Tat nicht immer – wir brauchen dazu das Vertrauen, dass alles, was auf uns zukommt, nur gut für uns ist und der inneren Entwicklung dient."

„Weißt du, Nonno", meinte Sirio und bemühte sich, ernst zu wirken, „im Grunde genommen bin ich nur zu feige, darauf zu warten, dass das Schicksal mir durch schmerzhafte Ereignisse seinen Willen aufzwingt!"

Jonathan musste lachen: „Du meinst die Momente im Leben, wenn wir die Macht des kosmischen Plans spüren – und nicht immer so, wie es uns genehm ist?"

Sirio nickte. „Ich weiß doch, dass wir unsere Erfahrungen höchstens hinauszögern, ihnen aber nicht entkommen können. Wenn wir aber keine Angst vor den Folgen unseres Handelns haben, weil wir daran glauben, bei allem geführt und behütet zu sein, dann geschieht uns nichts Schlimmes – zumindest ist so meine bisherige Erkenntnis."

Der Greis drückte ihn fest an sich. „Bei deinen achtzehn Jahren kann die Zeit für die schwereren Prüfungen noch vor dir liegen. Und obwohl ich dir wünsche, du mögest weiterhin auf dem sonnenbeschienenen Pfad wandern, sollst du, wenn es einmal etwas dunkler um dich wird, immer daran denken, dass die äußeren Umstände keine Macht über dich haben, solange du ihnen nicht durch Missmut oder Verzagtheit Macht verleihst." Er schwieg eine Weile. „Ich lasse dich mit frohem Herzen ziehen, weil ich weiß, dass du deinen Weg gehst – aber ich werde dich vermissen…"

„Ich dich auch, Nonno!", rief Sirio, und Tränen stiegen ihm in die Augen.

13

Timi hatte den Heimatlosen sofort ins Herz geschlossen, was seine Mutter erstaunte, denn sonst war er Fremden gegenüber eher schüchtern. Als sie die beiden am nächsten Morgen wieder so ausgelassen miteinander spielen sah und erkannte, wie gut es ihrem Kleinen tat, dass der junge Mann wie ein Vater mit ihm umging, vergaß sie ihre Bedenken und bot ihm an, eine Weile zu bleiben. Er war zwar überrascht, sagte aber ohne nachzudenken zu.

Die nächsten Tage verbrachte er vor allem mit Timi, spielte mit ihm, erzählte ihm Geschichten, die ihm leicht über die Lippen kamen. Die Zuneigung des Jungen berührte und beglückte ihn; auch erfuhr Lorenz zum ersten Mal, wie er seine Liebe freimütig und uneigennützig verschenkte, ohne etwas dafür zu erwarten, ohne sich abhängig zu fühlen, ohne die Angst, verlassen zu werden. Dabei erkannte er, dass seinem Verweilen an diesem Ort nicht der alte Wunsch nach einem Zuhause zugrunde lag, nicht der Überdruss an der Wanderschaft, sondern reine Liebe. Und diesmal würde er sein Ziel nicht aus den Augen verlieren: Der Aufenthalt bei Dorothea und Timi war nur eine bewusst eingelegte Rast auf seinem Weg, er hing weder an den Menschen noch am Ort. Wie könnte er das Meer vergessen?

Eines Abends, nachdem Dorothea Timi zu Bett gebracht hatte und noch mit dem Wanderer am Küchentisch saß, sagte sie unvermittelt: „Mein Mann ist vor einem Jahr gestorben." Ihre Augen wurden feucht. „Ich habe ihn sehr geliebt." Sie hielt inne.

Lorenz wusste nicht, was sagen, war nicht sicher, ob man nach so langer Zeit noch sein Beileid aussprach… Oder erwartete sie Trost? Sie schaute ihm gerade in die Augen: „Ich bin noch nicht bereit zu einer neuen Heirat."

Er fühlte sich plötzlich unbehaglich, konnte sich nicht zusammenreimen, worauf sie hinauswollte. Sie war ja hübsch und liebenswürdig, aber mehr als Sympathie empfand er nicht für sie. Wie er überlegte, ob er irgendetwas gesagt hatte, das sie missverstanden haben könnte, setzte Dorothea ihre Rede fort, und er merkte jetzt, dass es ihr nicht leicht fiel. Sie hatte sich allem Anschein nach darauf vorbereitet, die Sätze kamen ihm wie auswendig gelernt vor: „Timi fehlt der Vater, und ich sehe, wie gern er dich mag, wie er an dir hängt. Je länger du bleibst, desto stärker wird diese Bindung."

‚Nun ist also wieder einmal der Augenblick gekommen, da ich weggeschickt werde und meinen Weg in Einsamkeit weiterziehen muss.' In Lorenz kam die alte Resignation auf: Dieses Denkmuster, das ihn einst auf seiner Wanderung begleitet hatte, bekam erneut Macht über ihn – obwohl er in Wirklichkeit einen Schritt weiter war.

„Wenn du dich entschließt, hier zu bleiben", fuhr Dorothea fort, und es hörte sich immer noch wie ein aufgesagter Text an, „muss es für immer sein: Du kannst dann nicht nach einem Monat oder einem Jahr weiterziehen. Timi braucht dich und du wärst ihm ein guter Vater – das ist für mich das Wichtigste. Aber mir musst du noch etwas Zeit lassen, bevor ich dir näherkommen kann."

Sprachlos und verwirrt schaute er sie an. Sie hatte offenbar alles gründlich bedacht und sich sorgfältig zurechtgelegt. Seine frühere Sehnsucht nach einem Zuhause war ihm wieder ganz gegenwärtig, als ob sie tatsächlich noch bestünde und nicht nur eine Falle aus der Vergangenheit wäre. Er fragte sich verwundert, warum sein Herz denn keine Freudensprünge machte, warum er nicht überglücklich mit seiner Zustimmung herausplatzte, und fand in seiner Verflechtung von alter Gewohnheit und neuem Bewusstsein keine Antwort.

Da er schwieg, unterbreitete sie weiterhin ihre Vorschläge: „Mein Vater ist der Bürgermeister dieser Stadt. Er kennt viele Leute und ist sehr beliebt, er wird dir helfen, eine Arbeit zu finden." Jetzt redete sie, als ob es bereits eine beschlossene Sache wäre.

,Sie glaubt wohl, weil ich ein besitzloser Wanderer bin, müsste ich ihr auf den Knien danken für ihr großzügiges Angebot', dachte Lorenz gekränkt. Zugleich meinte der in der Vergangenheit verhaftete Teil in ihm, dass es genau so war, und verstand nicht, was sein erwachtes neues Ich von einer Zusage abhielt.

„Was kannst du eigentlich?", erkundigte sie sich.

Die Frage rief ihm ins Bewusstsein, dass er immer noch nicht wusste, wer er war. Seine Geschichte wollte er aber nicht erzählen. Also schaute er an ihr vorbei ins Leere und sagte nichts.

Sie deutete sein Schweigen als Unentschlossenheit und meinte leicht verdrossen: „Ich verstehe, dass du zuerst darüber nachdenken willst, bevor du eine Entscheidung dieser Tragweite triffst. Aber warte nicht zu lange: Ich will nicht, dass Timi sich noch mehr an dich klammert und dann leidet, solltest du gehen."

Am nächsten Morgen schlenderte Lorenz in Gedanken vertieft ziellos durch die Stadt. Zum ersten Mal erlebte er, wie nicht er der Bedürftige war, sondern dass man ihn brauchte, ein anderer Mensch wünschte, er bliebe – weil er für ihn einen Wert hatte. Er fühlte sich gut dabei, und die geforderte Entscheidung belastete ihn nicht. Ohne es zu merken, hatte er den Stadtrand erreicht, wo Zigeuner sich auf einer Wiese niedergelassen hatten. Er erblickte ihre prachtvollen Pferde und blieb bewundernd stehen. „Versteht Ihr etwas von Tieren, mein Herr?", fragte eine Stimme hinter ihm.

Er wandte sich um: Eine kleine, dicke Frau musterte ihn neugierig. Lorenz wunderte sich, dass sie ihn mit solcher Höflichkeit ansprach. „Ich mag sie", wich er aus, weil das wieder eine jener Fragen war, auf die er keine Antwort wusste. Er meinte, in ihren dunklen Augen Spott zu entdecken.

„Kommt mit in meinen Wagen", lud sie ihn ein, „ich werde Euch weissagen."

Erleichtert atmete er auf: Sie war nicht wirklich an ihm interessiert, sondern wollte ihn nur als Kunden gewinnen. Er aber glaubte nicht an Wahrsagerei. „Ich bin ein armer Wandersmann", gab er zurück, „und habe kein Geld, um dich zu bezahlen."

„So?", sagte sie, und jetzt klang die Ironie unverhohlen aus ihrer Stimme. „Ein armer Wandersmann seid Ihr? Ich bin sicher, meine Kristallkugel wird mir etwas anderes über Euch verraten!"

Er horchte auf: Sollte sie tatsächlich mehr über ihn wissen als er selbst? Er wies den dummen Aberglauben von sich, aber es wurde ihm unheimlich und er erschauerte.

„Was wirst du schon wissen…", sagte er verunsichert und bemühte sich, seine Stimme abweisend klingen zu lassen.

Sie überhörte seine Bemerkung und fuhr im gleichen Tonfall fort: „Ein armer Wandersmann, der nicht weiß, woher er kommt und wohin er geht…"

Da packte ihn das bare Entsetzen. Wer war diese Frau? Was wusste sie von ihm? Obwohl er sich seit seinem Aufwachen am Teich nichts sehnlicher wünschte, als seine Herkunft zu kennen, empfand er jetzt eine bevorstehende Offenbarung als überaus bedrohlich. War sein Vergessen nicht etwa auch ein Schutz gewesen? Erführe er die Wahrheit, sähe er auch klar, was das Schicksal von ihm erwartete, und er könnte sich vor seinem Weg nicht länger mit der Ausrede der Unwissenheit drücken. Am liebsten wäre er weit weg gerannt, doch seine Beine waren wie gelähmt, eine unsichtbare Macht hielt ihn hier fest – etwas in ihm wollte sich der Wahrheit stellen.

Die Zigeunerin beobachtete ihn und grinste. „Kommt schon", forderte sie ihn erneut auf. „Ihr braucht keine Angst zu haben, Ihr werdet von der Wahrheit nur so viel verstehen, wie Ihr ertragen könnt."

Willenlos folgte er ihr. Wie er ihr dann im mit schweren Vorhängen abgedunkelten Wagen gegenübersaß und der flackernde Schein einer Kerze von den vielen seltsamen Gegenständen gespenstische Schatten an die Wände warf, verstärkte sich sein mulmiges Gefühl noch und er bereute, sich darauf eingelassen zu haben.

Eine ganze Weile blickte sie schweigend in ihre Kristallkugel und schien ihn völlig vergessen zu haben. Immer wieder schaute Lorenz auch hinein, ohne etwas zu erkennen, und verfolgte dann besorgt die sich fortlaufend ändernde Mimik in ihrem runden Gesicht. Plötzlich leuchtete in der Kugel ein Blitz hell auf, um gleich wieder zu erlöschen. „Was war das?", wagte Lorenz, die Stille zu durchbrechen.

„Ein Licht steht am Anfang und ein Licht steht am Ende Eures Weges", sagte sie.

„Und was war davor?", fragte Lorenz, der sich bildhaft vorstellte, vom Blitz getroffen worden zu sein und dadurch sein Gedächtnis verloren zu haben.

Sie grinste. „So weit zurück kann meine Kugel nicht schauen!"

„Und am Ende, wenn es wieder blitzt, was ist dann?"

Sie schüttelte den Kopf. „Das sehe ich nicht so deutlich – ein helles Licht, Glanz, Leuchten…"

Er war enttäuscht: Sie konnte ihm also weder über seine Herkunft noch über sein Ziel etwas Genaueres sagen. Sie las in seinen Gedanken und antwortete darauf: „Es wird wohl noch nicht der Moment gekommen sein, wo Ihr es erfahren sollt. Aber Euren Weg, den sehe ich. Was wollt Ihr wissen?"

Er überlegte. „Wann werde ich endlich ankommen?"

Die Zigeunerin warf ihm einen missbilligenden Blick zu: „Wisst Ihr denn nicht, dass die Zeit nie vorherbestimmt ist? Es kommt doch darauf an, wie schnell Ihr geht, wie oft Ihr rastet, ob Ihr Euch verirrt, welche Wege und Umwege Ihr wählt!"

„Dann schau in deine Kugel und beschreibe mir wenigstens den Pfad, den ich einschlagen muss!"

„Man sagt, alle Wege führen nach Rom", meinte sie schulterzuckend. „Woher soll ich da wissen, welcher der Eure ist! Das müsst Ihr schon selbst entscheiden."

Seine Angst vor ihren Weissagungen wich der Wut, weil sie sich offenbar nur über ihn lustig machte. Er schrie sie an: „Was weißt du denn überhaupt?"

„Dass Ihr nicht der seid, für den Ihr Euch hält", antwortete sie ruhig.

Erneut fühlte er, wie ein Schauer ihm den Rücken hinunterlief. Sie musste doch mehr als eine bloße Ahnung von seiner wahren Natur haben. Aber warum verriet sie es ihm dann nicht? Oder redete sie etwa einfach so daher, aus ihrem Herzen, das Kenntnisse besaß, derer ihr Verstand nicht habhaft werden konnte? Jedenfalls hatte es keinen Sinn, in dieser Richtung weiterzufragen; ihm fiel wieder ein, dass er noch eine wichtige Entscheidung zu treffen hatte. „Sag mir, wo ich heute in einem Jahr sein werde."

Sie schaute in ihre Kristallkugel und antwortete: „Ich habe Euch doch schon gesagt, dass die Zeit relativ ist! Ich sehe Euch mit einem Kind an der Hand einen steinigen Weg inmitten von Felsen hinaufsteigen; aber ich weiß nicht, ob das morgen, in einem Monat oder erst in zehn Jahren ist."

Er dachte nach. War das Kind etwa Timi? Aber die steilen Felsen – selbst an klaren Tagen konnte man von dieser Stadt aus nirgendwo Berge entdecken. „Ja, und weiter?", fragte er ungeduldig.

„Da ist ein kleiner See, es liegt Schnee, und eine Quelle und eine Frau..."

‚Julia!', durchfuhr es ihn, und laut sagte er: „Werde ich sie wiedersehen?"

„Die Frau heißt nicht Julia, es ist Nadja", berichtigte sie und fügte dann hinzu: „Der Kleine an Eurer Hand ist auch nicht Timi. – Und jetzt", rief sie, „seid Ihr am Meer! Ich

sehe Euch barfuß dastehen und Wellen umspülen Eure
Füße. Eine Frau ist auch bei Euch…"

„Nadja?", wollte er verunsichert wissen.

„Nein, das ist Francesca."

Ihm war ganz wirr im Kopf. „Hör auf", befahl er entschlossen, „du fantasierst einfach etwas daher. Ich gehe."
Er stand auf und verließ den Wagen, ohne dass sie ihn
zurückhielt oder noch etwas zu ihm sagte.

Nach einem langen Fußmarsch erreichte er wieder die
Stadtmitte und den vertrauten Fluss. Seine Gedanken
kreisten rastlos um die rätselhaften Äußerungen der Zigeunerin. Obwohl er sich immer und immer wieder sagte,
nichts davon sei ernst zu nehmen und er schließlich nicht
an Wahrsagerei glaube, musste er sich doch eingestehen,
dass sie in seinen Gedanken gelesen hatte: Die Namen
von Timi und Julia hatte er nämlich nie erwähnt, da war
er ganz sicher. Auch sonst war nicht alles falsch, was sie
gesagt hatte. Wie lange er unterwegs war, hing tatsächlich
von ihm selbst ab, davon, ob er zielgerichtet voranging
oder sich aufhalten ließ. Mit den verschiedenen Bildern,
die ihm die Zigeunerin beschrieben hatte, konnte er
hingegen nichts anfangen. Wer war diese Nadja, wer das
Kind in den Bergen? Und Francesca am Meer? Sollte er
etwa zuerst an den einen und nachher an den anderen Ort
wandern? Mit einer plötzlichen Einsicht begriff er, dass,
wenn die Dauer des Weges nicht vorherbestimmt war, wie
die Zigeunerin behauptet hatte, es die einzelnen Ereignisse
ebenso wenig sein konnten. ‚Die Kristallkugel zeigt Möglichkeiten', dachte er, ‚viele Möglichkeiten, die vor mir
liegen: In jedem Augenblick entscheide ich, welchen Weg
ich einschlage. Wenn ich zum Meer gehe, werde ich Nadja

wohl nie kennenlernen; ziehe ich hingegen in die Berge, wird mir die Begegnung mit dieser Francesca versagt bleiben.' Er war stolz auf seine Erkenntnis und daraus erwuchs ihm eine innere Kraft und der Mut, auf sich zu hören: So sehr er sich auch nach einem Zuhause gesehnt und Timi lieb gewonnen hatte, musste er dennoch seinen Weg fortsetzen, denn er war noch lange nicht am Ziel. Diese Stadt, fand er sich hier auch gut zurecht, war ihm trotz allem fremd, bestimmt nicht der Ort, an den er hingehörte, nicht seine Heimat – andernfalls hätte er es in seinem Herzen gespürt.

Als er Dorotheas Haus erreichte, spielte Timi wieder auf der Straße mit seinem blauen Ball, wie damals bei seiner Ankunft, und wie an jenem Tag gesellte er sich zu ihm und versuchte, ihn zum Lachen zu bringen. Aber es wollte ihm nicht gelingen, der Junge schien am Spiel keine rechte Freude zu finden. Also hockte sich Lorenz auf den Ball und schaute Timi erwartungsvoll an. Sogleich fragte ihn der Kleine traurig, ob es wahr sei, was die Mama erzähle, dass Lorenz vielleicht schon bald weggehe.

Der Wanderer nahm ihn in die Arme, drückte ihn fest an sich. So leicht ihm der Gedanke an den Abschied eben noch erschienen war, so schwer fiel ihm jetzt die Trennung von diesem kleinen Jungen, und seine Augen füllten sich mit Tränen. Er hob ihn hoch, setzte ihn sich auf die Schultern und trottete mit ihm zum Fluss. „Schau", sagte er dann, „das Wasser kommt in diese Stadt, findet sie schön, strömt mit Freude unter den hohen Brücken hindurch. Aber es kann nicht verweilen."

Mit seinen kleinen Händen wühlte Timi in Lorenz' Haar. „Aber du kannst bleiben, wenn du willst."

„Sei nicht traurig", tröstete Lorenz, während er zärtlich Timis nackte Beine streichelte. „Wir haben so schön zusammen gespielt und du hast gelernt, den Ball weit zu werfen; du beherrschst es schon so gut wie ich! Wenn ich nicht mehr da bin, wird irgendwann ein neuer Freund zu dir kommen und der besitzt vielleicht eine Kutsche und wird dir das Reiten beibringen und wie man die Tiere pflegt." Ohne nachzudenken, kamen ihm die richtigen Worte über die Lippen: „Weißt du, es gibt so viel zu lernen im Leben, was einem Freude macht, aber man darf nicht stehen bleiben, man muss immer wieder Neues entdecken und keine Angst haben vor dem, was man noch nicht kann." Er merkte, wie er nicht mehr zu Timi redete, sondern zu sich selbst, und wunderte sich, woher ihm dieses Wissen kam.

Der Kleine hatte inzwischen eine Katze entdeckt und seinen Kummer schon vergessen. Er bat, von Lorenz' Schultern hinuntergelassen zu werden. Hand in Hand kehrten sie nach einer Weile zu Dorotheas Haus zurück.

„Oh!", rief Timi, als Lorenz ihm voran durch die Tür eintrat. „Da ist ein neuer, großer goldener Fleck auf deinem Hemd!" Lorenz drehte seinen Kopf, so weit er konnte, und im Augenwinkel erspähte er verschwommen etwas Glitzerndes.

14

Zum ersten Mal, seit das Leben Lorenz auf diese Wanderung geschickt hatte, ruhte er in sich selbst, wie er nach
dem Überqueren der letzten Stadtbrücke nun am rechten
Ufer weiter flussabwärts zog. Er fühlte sich wohl, war
zufrieden mit sich und empfand ein Vertrauen in das
Leben, ja sogar Freude am Wandern, am Vorankommen,
und eine frohe Zuversicht für das Unbekannte, das vor
ihm lag. Er spürte, dass er die richtige Entscheidung
getroffen hatte, nicht bei Dorothea und Timi zu bleiben.
Die Frau war ihm zwar sympathisch, aber er liebte sie
nicht. ‚Nicht so wie Julia', dachte er, und sein Herz
krampfte sich für einen Augenblick zusammen. ‚Es ist
seltsam', überlegte er, ‚Dorothea ist eine anmutige, junge
Frau, ist immer freundlich zu mir gewesen und doch habe
ich mich nicht in sie verliebt. Aber in Julia, trotz ihrer
barschen, überheblichen und oft verletzenden Art und der
Tatsache, dass sie viel älter ist als ich.' Und die Frau, mit
der er gerne zusammengeblieben wäre, wollte nichts von
ihm wissen, und von der anderen, die ihm den Platz an
ihrer Seite anbot, fühlte er sich nicht angezogen. Er fragte
sich wehmütig, warum die Liebe bloß so einseitig sei.

Die Kraft seiner Jugend und die beschwingte Stimmung
in seinem Herzen brachten Lorenz schnell voran und er
holte einen Mann ein, den er schon lange weiter vorne auf
derselben Straße bemerkt hatte. Er verlangsamte seinen
Schritt und grüßte ihn freundlich. „Bist du auch ein Wandersmann?", fragte er interessiert.

„Ein Wandersmann?", lachte der andere. „Du meinst
jemand, der aus Freude am Zigeunerleben herumzieht?

Jemand, der kein Zuhause besitzt? Das bin ich nicht. Ich bin unterwegs zu meiner Geliebten."

Lorenz musterte ihn neugierig. Vom Alter her hätte er sein Vater sein können – und er sprach von einer Geliebten, während er doch eine Familie mit längst erwachsenen Kindern haben müsste?

„Ich bin nicht verheiratet", erzählte der andere freimütig weiter. „Ich bin Priester, ein Klosterbruder, und dem Zölibat verpflichtet. Daran habe ich auch immer geglaubt – bis vor wenigen Monaten, als ich Angelika begegnet bin." Ein glückliches Lächeln verzauberte sein hageres Gesicht.

Lorenz nahm diese Beichte nur nebenbei zur Kenntnis, zuckte mit den Schultern und meinte: „Ich habe mich auch einmal verliebt, aber sie wollte mich nicht."

„Als Seelsorger haben mir Menschen immer wieder ihr Leid über nicht erwiderte Liebe geklagt. Die wahre Liebe aber schlägt gleichzeitig bei beiden wie ein Blitz aus heiterem Himmel ein, unverhofft und unerwartet, ergreift die Liebenden wie ein Sturm und trägt sie in gewaltige Höhen, wirbelt sie mit einer Geschwindigkeit umher, dass sie völlig verwirrt nicht verstehen, wie ihnen geschieht."

Ungläubig schaute Lorenz ihn an: „Wie kann das sein? Man muss sich doch zuerst kennenlernen, dann kommt man sich näher und verliebt sich."

„Das glaubte ich auch", erwiderte der Gottesmann, „und habe es so von vielen Eheleuten erzählt bekommen. Oft spürte ich aber aus ihrer Beichte, dass ihnen mit der Zeit etwas verloren gegangen war – zumindest dachte ich das früher. Doch heute, nach dem, was ich selbst erlebt habe, weiß ich: Nichts ging verloren, sondern es war von Anfang an nicht vorhanden."

„Was denn?", unterbrach Lorenz leicht gereizt und ungläubig, weil er den Mönch nicht für eine kompetente Stimme in Eheangelegenheiten hielt.

„Es fehlte die Fügung. Meistens lernen zwei sich kennen, mögen einander – und dann wirken im Stillen und ganz unbewusst die Suche nach Geborgenheit und Anerkennung, der Wunsch, nicht mehr allein zu sein und die schönen Augenblicke miteinander zu teilen, und nicht zuletzt das Bedürfnis, die Wärme, die man im eigenen Herzen spürt, einem anderen Menschen zu schenken."

Lorenz dachte bei sich, das seien doch alles schöne, edle Gründe, und fragte nun doch etwas verunsichert: „Was ist denn falsch daran?"

„Es ist immer ein Wollen, sei es auch ein Gebenwollen. Es ist ein Suchen, ein Wünschen, ein Verlangen und Begehren oft. Im Grunde genommen geht es einem nicht um den anderen, sondern um sich selbst. Es ist die eigene Bedürftigkeit, die sogenannte Liebe erzeugt. Ich weiß nicht, wie ich es dir begreiflich machen soll…" Er unterbrach sich und überlegte angestrengt.

„Vielleicht kann ich es verstehen, wenn du mir mehr vom anderen erzählst, diesem Blitz aus heiterem Himmel – Fügung hast du es genannt."

„Ja, Fügung. Da hast du von Anfang an keine Wahl – selbst ich als Priester, der ich in meinen Jugendjahren auch schon einmal Gefallen an einer Frau gefunden, der Versuchung aber immer widerstanden hatte, konnte mich diesmal nicht entziehen. Bei der Begegnung mit Angelika spürte ich einen Plan wirken und wusste, dass es nichts nützen würde, dagegen anzukämpfen – setzte ich auch all meine Kraft und meinen ganzen Willen ein. Die höhere

Macht hat uns zusammengeführt. Da geht es nicht um mich oder um die Frau, darum, dass wir glücklich zusammen werden, eine schöne Zeit verbringen – obwohl nichts dem entgegensteht! –, sondern um viel Tieferes, um eine Bewegung in unserer Seele, ein Aufgebrochenwerden, um eine echte innere Veränderung."

„Ich würde das, was du hier beschreibst, Abhängigkeit, ja Hörigkeit nennen", entgegnete Lorenz trocken.

„Nein, in der Fügung spürst du das Schicksal wirken – nichts wird von deinem oder von ihrem Willen gesteuert. Ich kann es dir nicht besser erklären, aber ich versichere dir: Wenn du einmal erlebst, was Angelika und mir geschehen ist, dann verstehst du, was ich meine. Ich wünsche dir von Herzen, dass du das irgendwann in deinem Leben erfahren darfst."

Sie hatten inzwischen ein Dorf erreicht. „Hier wohnt meine Geliebte", sagte der Mönch. „Wenn du nicht in Eile bist, lade ich dich ein, mit uns das Mittagmahl zu teilen."

Lorenz nahm das Angebot dankend an, denn er war gespannt darauf, die Frau kennenzulernen, die in einem Ordensmann ein solches Feuer entfacht hatte. Als sie in das Haus eintraten, fielen die Liebenden einander in die Arme und küssten sich. Eine ganze Weile blieben sie eng umschlungen stehen; sie flüsterte von Zeit zu Zeit seinen Namen, während er sie an sich drückte und in ihrem krausen Haar wühlte. Lorenz stand verlegen etwas abseits, und eine seltsame Empfindung ergriff ihn. Er spürte die Liebe, die Zartheit, die zwischen den beiden schwang, nahm sie wahr, als ob sie in ihm drinnen wäre, und empfing eine Ahnung von dem, was der Priester ihm unterwegs mühsam mit Worten klarzumachen versucht hatte.

15

Das Haus der Liebenden verließ Lorenz bald wieder, nicht
weil er sich überflüssig vorkam und nicht stören wollte;
vielmehr ergriff ihn seine eigene Einsamkeit erneut mit
aller Macht und zerstörte den eben erst gewonnenen
Gleichmut. Er fühlte sich elender als je zuvor, verfluchte
den Augenblick seines Erwachens am Teich. Die Verzweiflung verdunkelte die lichte Hoffnung, seine Heimat je
wiederzufinden. Was hatte er bisher getan, außer sinnlos
umherzuirren? Einem Fluss war er gefolgt – aber sonst?
Unsinn Julias Rat, auf seine innere Stimme zu hören und
die Zeichen am Weg zu beobachten! Dummes Geschwätz,
er solle sein Ziel nicht aus den Augen verlieren, nirgendwo
verweilen! In diesem Augenblick bitterster Trostlosigkeit
hätte er seinen einzigen Besitz, seine Eigenständigkeit,
bedenkenlos geopfert für ein bisschen Liebe, die Wärme
einer Umarmung.

Wie er so ganz auf dem Grund seiner Einsamkeit ankam,
hörte er seine innere Stimme deutlich sagen: ‚Weile in der
Gegenwart des Seins, lass deinen Gedanken keinen Raum.
Die äußeren Umstände sind weder gut noch schlecht,
weder angenehm noch unangenehm – die Bewertung
macht nur dein Denken. Sieh die Weide dort: Sei bei ihr,
solange deine Augen auf ihr ruhen, nimm ihre geschwun-
genen in den Himmel gerichteten Ruten wahr, erkenne die
lanzenförmige Gestalt ihrer Blätter, die senfgelbe Farbe
ihrer Rinde. Die Weide ist in diesem Moment deine Gegenwart – dann ist kein Platz für Gedanken von Einsamkeit.
Und wenn du einen Schritt weiter bist und die Weide
deinem Blickfeld entschwunden, siehst du den großen

Stein im Wasser, wie die Strömung an ihm abreißt, kleine Wirbel und Gischt bildet…' Er gab sich dem Sehen hin, bis er tatsächlich nur noch Gegenwart war, reines Erleben, und dabei weder Freude noch Leid, nur noch Gleichmut empfand. Doch schnell drängten sich ihm die Gedanken wieder auf, und eine Seite in ihm wehrte sich gegen den inneren Frieden, wollte aus der Traurigkeit gar nicht heraus, denn sie fand Gefallen am Drama des Lebens.

Die letzten Häuser des Dorfes lagen noch nicht weit hinter ihm, als er vor lauter Unaufmerksamkeit über eine Unebenheit stolperte. Sein Fuß knickte ein, trug das Körpergewicht nicht mehr, und mit einem verhaltenen Schrei stürzte er, konnte sich mit Arm und Hand gerade noch abstützen, um nicht mit dem Kopf aufzuschlagen.

Er lag am Boden und begann zu weinen, schluchzte hemmungslos, nicht so sehr des schmerzenden Knöchels wegen, vielmehr weil ihm auch das noch passieren musste. War sein Herz nicht schon schwer genug? Und jetzt noch diese Verletzung! Tränen einer ohnmächtigen Wut rannen ihm übers Gesicht, und einmal mehr verfluchte er die Sinnlosigkeit dieser Wanderung, in der er nur Leid zu finden meinte. Eben war doch noch alles in Ordnung gewesen! War das auch ein Gesetz des Lebens, dass ein Höhenflug nie lange anhält und man danach umso tiefer fällt?

Eine Zeit lang blieb er mit geschlossenen Augen liegen, am liebsten hätte er sie nie wieder aufgemacht. Nachdem er sich ausgeweint hatte und sich erschöpft und leer fühlte, versuchte er aufzustehen; doch sein Knöchel schmerzte beim Auftreten so stark, dass es ihm unmöglich war, den Weg fortzusetzen, und er sich erneut hinlegte. Die Sonne stand hoch und brannte erbarmungslos, aber jetzt war ihm alles gleich, sollte er doch hier verdursten und vertrocknen, elendiglich zugrunde gehen. Er konnte nicht mehr, er wollte nicht mehr. Alles war ihm zu viel.

Laute weckten ihn aus einem fiebrigen Schlaf. „Glaubst du, er ist tot?", sagte eine Knabenstimme.

„Nein", antwortete eine zwitschernde Mädchenstimme, „er ist ja nicht schön angezogen und es ist auch niemand da, der um ihn weint. Als meine Oma gestorben ist, hat Mama ihr ein schönes weißes Kleid angezogen und dann saß immer jemand an ihrem Bett und weinte, bis man sie zum Friedhof brachte."

„Du Dummchen!", hörte Lorenz den Jungen. „Wenn jemand stirbt, der allein ist, wer sollte ihm denn schöne Kleider anziehen und um ihn weinen! Das macht man nur für Leute, die man lieb hat. Dieser hier ist bestimmt ein Landstreicher, der nirgendwo zu Hause ist. – Komm, Sabinchen, wir müssen weiter, damit wir heimkommen, bevor es Nacht wird."

Die Kinder entfernten sich. Der Wanderer fand die Kraft nicht, seine bleiernen Augenlider zu heben, und fiel erneut in einen traumlosen Schlaf.

Er streckte den Arm aus und fühlte das taunasse Gras an seiner Hand. Er fuhr über seine Stirn, befeuchtete auch seine Wangen und rieb sich die Augen, die sich geschwollen anfühlten. ‚Vom vielen Weinen', erinnerte er sich, öffnete sie trotzdem und blickte in einen zartblauen Himmel, wo die schmale, beinahe liegende Sichel des Mondes am Verblassen war. Getrieben von einem Willen, der nicht von seinem Denken herrührte, denn da fühlte er sich leer, ausgelaugt, verdorrt, stand er auf. Obwohl sein Fuß nicht mehr so wehtat wie am Tag davor, konnte er kaum auftreten und humpelte langsam und ungelenk davon.

Er sah ein, dass er so nicht weit käme, aber etwas in ihm wollte einfach nicht aufgeben, ungeachtet der Schmerzen, die ihm schon bald wieder jeden Schritt verunmöglichen würden.

Tatsächlich musste er sich nach kurzer Zeit eingestehen, dass er es nicht schaffte. Er ließ sich am Straßenrand ins Gras niedersinken und erkannte jetzt klar seine ausweglose Lage. ‚Wäre ich doch nur bei Dorothea geblieben!‘, dachte er. ‚Dann wäre das alles nicht passiert. Warum musste ich bloß stürzen!‘ Er schlug mit der Faust auf sein gesundes Bein und schrie gequält auf. ‚Hochmut kommt vor dem Fall, sagt man, aber war es denn wirklich falsch, dass ich meinen Weg weiterziehen wollte, nicht bei einer Frau blieb, die ich nicht liebte – oder hätte ich mich aufopfern sollen für den kleinen Timi? Dann wäre dies alles nicht passiert‘, wiederholten seine Gedanken. Entkräftet und verzweifelt begann er wieder zu weinen, schluchzte in sich zusammengekauert, ein Häufchen Elend. Er wusste wirklich nicht mehr weiter.

Die Stunden vergingen. Abwechselnd fühlte er sich niedergeschlagen und hoffnungslos, dann erwachte in ihm wieder die Auflehnung gegen das vermeintlich ungerechte Schicksal und er wollte sich nicht unterkriegen lassen. Betrachtete er dann aber seinen geschwollenen Knöchel, verzagte er erneut.

Inzwischen waren hohe Wolken aufgezogen und verdeckten die Sonne; wenigstens musste er nicht unter der Hitze leiden. Wie er sich so ratlos umschaute, entdeckte er auf seiner Hose einen goldenen Fleck, so groß wie eine Kirsche. Ob das auch einer von der Sorte war, die Julia und Timi auf seinem Rücken entdeckt hatten? Er schaute ihn fasziniert an und berührte ihn ehrfürchtig: Ganz vorsichtig strich er mit der Fingerkuppe darüber und merkte, dass es das Gewebe seiner Kleidung war, das hervorkam, wenn der dünne Schlammfilm, der sich mit seinen Kleidern verbunden hatte, abblätterte. Das magische Glitzern erhellte sein in der Düsternis gefangenes Herz, eine nicht gekannte Geborgenheit breitete sich in ihm aus, eine Vertrautheit mit sich selbst. Eine entfernte Erinnerung huschte vorbei; er konnte sie nicht einfangen, empfand dabei aber Sicherheit und Zuversicht.

Als er schließlich seinen Blick vom goldenen Fleck abwandte, entdeckte er nur wenige Meter neben sich in der Wiese einen abgebrochenen Ast. ‚Der gibt einen starken Stock her!', fuhr es ihm durch den Kopf. Sogleich stand er auf und holte ihn sich; er reichte ihm gut bis zur Hüfte. ‚Jetzt kann ich meinen Weg fortsetzen!', frohlockte er. Kam er auch nicht mit seinem gewohnt forschen Schritt voran, so staunte er dennoch, wie gut es ging, und bezweifelte, dass es nur seiner neuen Stütze zu verdanken war.

Wie er gerade überlegte, sich im nächsten Ort eine Ruhepause zu gönnen und ohne lange zu suchen im Gasthaus abzusteigen, denn Dorothea hatte ihm etwas Geld mitgegeben, hörte er in der Ferne ein Gejohle. Er blieb stehen und horchte. Es kam von weit hinter ihm. Er wandte sich um und ließ seinen Blick über die Ebene schweifen, bis er Menschen entdeckte, die auf der gleichen Straße wanderten wie er. Da sie ihn ohnehin einholen würden, beschloss er, auf sie zu warten.

Drei lustige Gesellen schienen es zu sein, und vor allem laut! Immer deutlicher vernahm er schallendes Gelächter, derbe Ausrufe, ein Durcheinanderreden, Sichüberbieten der Stimmen. Die eine klang voll, die andere krächzend und rau, die dritte näselnd. Als die drei Lorenz bemerkten, der ihnen zugewandt am Wegrand stand, verstummten sie.

„Ich dachte, der Mensch gehe erst am Abend auf drei Beinen!", ergriff der Krächzende als Erster wieder das Wort.

Der Klangvolle unterbrach: „Nein, der da ist zur Salzsäule erstarrt…"

„Zur Schlammsäule, meinst du!", warf der Dritte mit einem hämischen Lachen ein.

„Nicht so laut! Er könnte uns hören, und wir wollen doch niemand beleidigen!"

Natürlich hatte Lorenz jedes Wort verstanden und schon bereute er, hier auf die Landstreicher – denn das waren sie offensichtlich – gewartet zu haben, anstatt sich davonzuschleichen und irgendwo zu verstecken. Doch, fragte er sich, hätte er vor dem Schicksal davonlaufen können? Er mochte doch tun oder lassen, was er wollte, sich so oder anders entscheiden, eine höhere Macht lenkte die Umstände stets, wie sie es für richtig hielt, und nicht, wie er es gerne wollte.

Lorenz versuchte aufrecht und selbstsicher zu wirken, und als das Trio bei ihm stehen blieb, grüßte er und sagte: „Wir haben wohl den gleichen Weg. Darf ich mich euch anschließen? Ihr scheint mir eine fröhliche Gesellschaft und ich kann aufmunternde Weggefährten brauchen, bei allem, was mir passiert ist." Er stützte sich betont auffällig auf den Stock und hob das verletzte Bein leicht an.

Der Krächzende war neugierig: „Was ist dir denn widerfahren?" Am Tonfall merkte Lorenz, dass jede Antwort mit Spott und Gelächter quittiert würde.

„Ich war letzte Nacht bei meiner Geliebten, im Dorf, durch das ihr eben auch gekommen sein müsst, als ihr Mann, der für ein paar Tage abwesend sein sollte, unerwartet nach Hause kam. Mir blieb nichts anderes übrig, als aus dem Fenster zu springen, damit er mich nicht im Bett seiner Frau entdeckte. Dabei habe ich mir den Fuß verknackst und musste trotzdem sehen, dass ich wegkam."

Ohne zu überlegen und mit der größten Selbstverständlichkeit log Lorenz, um die Männer zu beeindrucken, damit sie ihn für einen tollen Kerl hielten und ihn nicht länger verhöhnten. Das gelang auch. Der Näselnde, er mochte um die vierzig sein, sagte nicht ohne Bewunderung: „Jetzt seht euch diesen Grünschnabel an! Diese Unverfrorenheit würde man ihm gar nicht zutrauen!"

Eine Weile unterhielten sie sich noch, fragten Lorenz aus, wer die Frau denn sei, wie er, eine solch unscheinbare Gestalt, es geschafft habe, sie zu erobern, begannen eigene Geschichten zu erzählen. Lorenz fiel es überhaupt nicht schwer, vorneweg alles zu erfinden.

Dann sagte der Krächzende: „Was stehen wir hier rum? Wir können auch unterwegs quatschen. Oder wollt ihr erst zum Jahrmarkt kommen, wenn alle schon besoffen und müde herumliegen?"

Die vier machten sich auf und es ging weiterhin laut und lustig zu, wobei Lorenz etwas schweigsamer wurde, da er seine Kraft zum Gehen brauchte. Plötzlich erinnerte er sich der goldenen Flecken an seinen Kleidern und Furcht überkam ihn, seine drei Gefährten könnten sie entdecken und ihn hänseln, verprügeln oder sogar töten, um ihn zu berauben. Aber sie schienen sie nicht zu bemerken, obwohl sie ihn immer wieder neugierig musterten.

Sie erreichten den Marktflecken am späten Nachmittag. Da herrschte Trubel und Feststimmung, alles schien im Freien zu sein, ein reges Kommen und Gehen, auf dem Dorfplatz vor dem Rathaus die Stände der Händler, die alltägliche und seltene Waren feilboten, und Kinder, die mit großen staunenden Augen ihre Mütter anbettelten und zum Kaufen drängten.

„Ich will hoffen, du hast Geld", sagte der mit der krächzenden Stimme zu Lorenz gewandt, „damit du dir mit uns einen lustigen Abend machen kannst – mit Wein, Weib und Gesang!"

„Ein wenig", antwortete Lorenz errötend, weil er sich schämte, dass Dorothea ihn beschenkt hatte.

Der Näselnde bemerkte seine Verlegenheit sofort und fragte mit einem hinterlistigen Ton: „Und woher hast du es? Du machst nicht den Eindruck eines reichen Herrn!"

Lorenz fühlte sich ertappt, war diesmal nicht schlagfertig genug und gab zu: „Eine Frau, bei der ich zu Gast war, hat es mir geschenkt."

„So!", rief der Dritte im Bunde. „Sie hat es dir wohl zum Fenster hinaus nachgeschmissen, als du vor ihrem Mann geflüchtet bist!"

‚Dumme Lügerei!', dachte Lorenz, der die früher aufgetischte Geschichte bereits wieder vergessen hatte. Doch noch bevor er überlegen konnte, wie er sich aus der Schlinge ziehen sollte, half ihm einer der Landstreicher: „Denkst du! Unser Jüngling lässt sich von den Frauen für seine Dienste bestimmt vorher bezahlen."

Alle lachten schallend, außer dem Betroffenen, doch nun erwarteten sie keine ernsthafte Antwort mehr von ihm; auch ließen sie sich durch das Treiben ablenken, schauten vorbeigehenden jungen Mädchen nach und fanden im Dorftrottel bald ein neues Opfer für ihren Übermut.

Eigentlich schämte sich Lorenz für das Benehmen seiner Begleiter, doch zu ihm waren sie ja nicht unfreundlich, hatten ihn in ihren Kreis aufgenommen, und so machte er mit, damit sie sich nicht von ihm abwandten. ‚Was tut man nicht alles für ein bisschen Zuneigung!‘, erinnerte er sich an Julias Worte. Allerdings reute es ihn, sein Geld auszugeben für ein billiges, kurzes Vergnügen, das am nächsten Tag bestimmt nur einen schalen Geschmack hinterlassen würde, aber er traute sich nicht zurückzustehen. Also zechte er kräftig mit; nachdem er über die Maßen getrunken hatte, beteiligte er sich mehr und mehr an den zotigen Späßen und amüsierte sich bestens. Dem Beispiel seiner Kumpane folgend, belästigte er auch die Kellnerin mit derben Sprüchen und scheute sich nicht, sie anzufassen, kaum wandte sie ihm den Rücken zu.

Als er am nächsten Tag aufwachte und sich von seinem Lager erhob, fühlte er sich elend. Das helle Licht des weit fortgeschrittenen Morgens schmerzte in seinen Augen; am liebsten hätte er sie gleich wieder geschlossen und sich auf seinen Schlafplatz zurücksinken lassen, aber der Durst trieb ihn. Völlig ausgetrocknet konnte er seine schwere, pelzige Zunge im Mund kaum bewegen. Er verließ den Raum, wo seine neuen Freunde noch schwer atmend oder schnarchend auf ihren Matten lagen, und stieg die Treppe hinunter in die Gaststube.

Mechthild, die Wirtin, stand hinter der Theke und grüßte Lorenz freundlich. Bei ihrem Anblick war ihm der vergangene Abend wieder gegenwärtig. Er wünschte sich, über Nacht das Gedächtnis nochmals verloren zu haben, um sich nicht an sein schändliches Benehmen zu erinnern. Tiefe Schamröte überzog sein Gesicht, als er ihrem Blick auswich und nur murmelte: „Guten Tag." Sie überging seine Befangenheit und erkundigte sich, ob er etwas essen und trinken wolle. Er nickte. Während er sich an einen Tisch so hinsetzte, dass er ihr nicht direkt in die Augen blicken musste, bat er leise um eine große Karaffe Wasser. Sie lachte: „Du musst wohl deinen Rausch verdünnen!"

Außer ihm war kein Gast in der Schenke. So blieb Mechthild, nachdem sie einen Krug Wasser, Brot und Käse gebracht hatte, an seinem Tisch stehen und fragte ihn, ob er Kopfschmerzen habe und sie ihm einen lindernden Kräutertee aufgießen solle. Dass sie ihm offensichtlich nichts nachtrug und sich fürsorglich um ihn kümmerte, tat ihm wohl und ermutigte ihn, zu ihr aufzuschauen. Sie lächelte ihn an und verwickelte ihn in ein Gespräch darüber, woher er stamme, wohin er gehe. Trotz ihrer Freundlichkeit war es ihm wichtig, sich für sein schlechtes Benehmen zu entschuldigen und zu rechtfertigen: „Es tut mir leid, wie ich mich gestern aufgeführt habe. Jemand hat mir einmal gesagt, man dürfe das Leben auch als Vergnügen betrachten, das muss ich gründlich missverstanden haben… und dazu die schlechte Gesellschaft…"

Sie nickte und wiegelte mit einer Handbewegung ab: „Wenn du dadurch erkannt hast, dass die wahre Freude nicht vom Saufen und dummen Geschwätz kommt, hat sich der Abend für dich gelohnt."

Erst nach einer ganzen Weile, in der sie noch über dies und das geplaudert hatten, sagte sie: „Ich habe mich gestern schon über deine seltsamen Kleider gewundert. Die goldenen Flecken sind wunderschön! Was ist es?"

Da geriet er wieder in Verlegenheit, hatte aber bereits so viel Vertrauen zu ihr gefasst, dass er bekannte: „Ich weiß es nicht. Am Anfang waren sie nicht da. Von Zeit zu Zeit kommt einfach wieder einer dazu, an irgendeiner Stelle. Und weißt du, was das Eigenartige ist: Die einen bemerken sie, andere überhaupt nicht."

„Viele Menschen fühlen sich eben eher vom Dunkeln angezogen", meinte sie nachdenklich, „und erkennen das Lichte nicht ohne weiteres, zumal es nur da und dort aufleuchtet."

Er schaute sie mit staunenden Augen an und verstand nicht recht, was sie meinte.

„Ich glaube", sinnierte sie weiter, „du solltest dich nur zu Menschen gesellen, die das Schöne an dir wahrnehmen. Die anderen brauchen dich nicht zu kümmern, auf ihre Zuneigung und ihr Urteil musst du keinen Wert legen."

Langsam begriff er den tieferen Sinn ihrer Rede und empfand eine große Dankbarkeit für diese Frau, die ihn annahm, wie er war, und ihn nicht verurteilte für seine Schwächen, diese nicht mit einem Wort erwähnte, nicht den leisesten Vorwurf verlauten ließ. Es verlangte ihn, ihr noch länger zuzuhören. Er vertraute ihr also an, er habe diese Flecken früher nicht gesehen, nicht einmal wenn er sein Hemd auszog und genau untersuchte, während andere Menschen ihn bereits darauf aufmerksam gemacht hätten.

„Gestern, als ich so deprimiert war und nicht mehr weiterwusste, habe ich zum ersten Mal einen entdeckt!"

„Das bedeutet", meinte sie freudig, „dass du beginnst, deinen wahren Wert zu erkennen, und dich nicht länger vom äußeren Schein täuschen lässt. Du hast ein edles Antlitz, einen aufrechten Gang – und noch viele andere goldene Flecken. Auch wenn der größere Teil deines Gewandes noch dunkel scheint, deine Schuhe staubig, dein Haar zerzaust, deine Lippen rissig vom Wind sind – sieh nicht auf das, was noch unvollkommen ist, sondern auf das Schöne, Edle, Leuchtende. Das bist du und daran wachse! Vom andern, vom Finsteren, lass dich nicht entmutigen, trag an ihm nicht so schwer, denn es gehört nicht wirklich zu dir. Fühle dich als König, nicht als Bettler!"

Fasziniert hing Lorenz an ihren Lippen. Ihre Worte wärmten sein Herz, machten es offen und weit, ließen Hoffnung in ihm keimen und Zuversicht. Welch heilsame Kraft lag in dieser Ermunterung! Tief berührt ergriff er Mechthilds Hand. Seine Stimme zitterte leicht, als er sagte: „Danke, in dir bin ich einem Engel begegnet!"

16

Zwei Tage verbrachte der Heimatlose bei Mechthild. Sie
pflegte seinen Knöchel mit Wickeln aus kühlender Erde,
in die sie flache, glänzende schwarze Steine mit verband,
und verbrachte manche Stunde mit ihm im Gespräch,
wenn sie in der Gaststube gerade nicht gebraucht wurde.
Sie erzählte ihm viel über den Weg des Menschen durchs
Leben und über den Sinn dieser Wanderung: das innere
Wachstum und die Erkenntnis des eigenen Wertes, unabhängig von Tugend, Leistung und fremdem Urteil. Sie
sprach vom Vertrauen ins Leben und von der Zuversicht.
Mechthild heilte seine Wunden und nährte seine Seele.
Trotzdem verspürte er kein Bedürfnis, länger bei ihr zu
bleiben, auch versuchte sie nicht, ihn zurückzuhalten.
Wie er sich also wieder auf den Weg machte, merkte er,
dass seine Beine und Füße nicht mehr schmerzten, auch
fand er die Landstraße weniger staubig als früher, den
Himmel durchscheinender, das Grün der Wiesen und
Bäume vielfältiger. Am Wegrand entdeckte er Blumen,
die Amseln schienen ihre Lieder nur für ihn zu singen,
sogar im trägen Strom meinte er ein fröhlicheres Fließen
zu erkennen, und die schwüle Luft der vergangenen Tage
war durch eine würzige Brise aufgefrischt worden. Nicht
nur bereitete ihm das Gehen keinerlei Mühe mehr, auch
sein Herz war ganz leicht.

Er dachte an Mechthild; mehr und mehr kamen ihm
ihre Worte in den Sinn. „Sich selbst wichtig sein, sich
gleichzeitig nicht ernst nehmen, das ist das Geheimnis der
Zufriedenheit", hatte sie gesagt, war aber nicht mehr dazu
gekommen, es näher zu erläutern, da man in der Küche

nach ihr rief, und später war es Lorenz ganz entfallen, sie zu fragen. Unbewusst hatte er die Bedeutung wohl erfasst, und jetzt wurde ihm mit einem Mal klar, was sie damit meinte: Als Wesen, das Teil hat am Göttlichen, musste er sich wichtig sein, dieses Höhere in sich durfte er nicht durch die eigene Geringschätzung entwürdigen. ‚Würde!‘, fuhr es ihm durch den Kopf, das war doch sein Thema gewesen, seit er sich auf diese Wanderschaft eingelassen hatte. Doch um die innere Würde ging es: sich für würdig zu halten und für wertvoll, allein durch das Wissen, ein Teil des kosmischen Ganzen zu sein. Ob er um Almosen bat, die Leute ihn für einen Bettler oder Landstreicher hielten, war unwesentlich – das hatte Mechthild sagen wollen mit „sich nicht ernst nehmen". Er musste aufhören, sein Verhalten nach der Meinung der Leute zu richten.

Lange war er so in Gedanken versunken gewandert und hatte die Veränderung der Landschaft überhaupt nicht wahrgenommen. Die letzten Hügel lagen hinter ihm, der Weg verlief schnurgerade, ebenso der Fluss; es waren nicht länger Eschen, Birken und Erlen, die ihm Schatten spendeten, sondern schirmförmige Pinien. Stets dem Flusslauf folgend, musste er, ohne es zu bemerken, irgendwann auch die Landstraße verlassen haben, denn nunmehr führte nur noch ein ausgetretener Pfad durch mannshohe, struppige Büsche.

Und dann sah er das Meer! Und den Fluss, der darin mündete, sich ganz in ihm auflöste. Überwältigt blieb er stehen, ergriffen von der Weite, dem gemeinsamen Blau von Himmel und Wasser am Horizont. Eine unbändige Sehnsucht, ebenfalls Teil dieser Einheit zu werden, trieb ihn über den feinsandigen, hellen Strand bis zum Wassersaum, er rannte beinahe. Noch bevor er ihn erreichte, entledigte er sich im Gehen seiner Schuhe, krempelte die Hosen hoch und blieb erst stehen, als sanfte Wellen seine Waden umspülten. Nach einer Weile stillen Staunens und inneren Erspürens der Unendlichkeit breitete sich in ihm ein so machtvolles Glücksgefühl aus, dass er laut jauchzte und rief: „Ich bin am Meer! Ich habe es geschafft!" Er übertönte die leise Brandung und das Säuseln der Brise.

Julia kam ihm in den Sinn. Ob sie inzwischen ihre Quelle gefunden hatte? Zweifellos war seine Aufgabe einfacher gewesen, denn ob er seinem oder einem anderen Fluss folgte, ihn auch zeitweilig verließ, früher oder später führten sie ihn unvermeidlich ans Meer. Doch um eine Quelle in den Bergen aufzuspüren, musste man dem Fluss schon haargenau nachgehen und durfte ihn nicht aus den Augen verlieren.

Er jedenfalls war froh, dem Strom abwärts gefolgt zu sein. Diesen Anblick hätte er nicht missen wollen, und der salzige Geschmack auf seinen Lippen war ihm süßer, als es der Nektar der Bergblumen je hätte sein können. Mit einem leichten Anflug von Überheblichkeit empfand er Bedauern für die einstige Gefährtin, die sich von ihm getrennt und deshalb nicht teilhatte an dieser Weite, die ihn so wohltuend umhüllte und ihm Nähe zu sich selbst vermittelte.

Er konnte den Blick vom Meer nicht abwenden. Kam ihm auch der Gedanke, wie klein er als einzelnes menschliches Wesen gegenüber dieser Erhabenheit sei, so war doch etwas anderes in ihm, das sich überhaupt nicht klein fühlte, überhaupt nicht unbedeutend, das sich als Teil dieses großen Ganzen empfand und zugleich diese Unendlichkeit als Teil von sich selbst spürte, das Allumfassende in sich verborgen wusste.

Er zog sein Hemd aus, um es wie einen Turban um den Kopf zu wickeln und sich vor der hoch stehenden Sonne zu schützen; da entdeckte er, dass ein großes Stück des Schlammüberzugs seines Gewandes abgefallen war und feine, kunstvoll ineinander verwobene Goldfäden ein prächtiges Muster von Ranken und Blumen bildeten.

Später legte er sich auf den Rücken in den von der Mittags-sonne erwärmten Sand. Aber wie der kühlende Wind nur noch zaghaft über ihn strich, machte die Hitze ihn schläfrig und er döste ein. Er träumte, er stünde bis zum Hals im Meer und ginge einfach weiter hinein. Als das Wasser ihn ganz zudeckte, fiel ihm auf, dass er nicht mehr atmete, nicht mehr zu atmen brauchte. Er bewegte sich auch nicht mehr, und obwohl er die Augen immer noch offen hielt, sah er weder den Grund noch etwas von seinem Körper, selbst das Wasser, das ihn umhüllte, schien verschwunden – nichts war mehr. Dennoch fühlte er sich getragen, schwe-bend, leicht und vor allem ruhig und friedvoll.

Als er diesmal aus der Zeitlosigkeit zurückkehrte und sich im heißen Sand liegend fand, wusste er, dass nun der letzte Abschnitt seines Weges begann – wiederum in einer neuen Gegenwart.

Barfuß watete Lorenz im Wasser dem Strand entlang, der in der dunstigen Ferne mit dem Meer zu verschmelzen schien. Viel später zeichneten sich Konturen ab, die er als Häuser erkannte. Schließlich wurde der Strand belebter, unter Sonnenschirmen dösten Badegäste, Kinder bauten Sandburgen, und aus den Lautsprechern bei der Bar dröhnten die großen Hits des Sommers. Lorenz wandte dem Meer den Rücken zu und schritt bis zum oberen Ende des Strandes, stieg über die niedrigen Dünen und erreichte bald das Dorf.

Erst als in den engen Gassen die gestaute Hitze des ganzen Tages ihn beinahe erschlug und der Geruch von verrottendem Abfall aus den herumstehenden Müllsäcken in seine Nase drang, meldeten sich die vergessenen Alltagsbedürfnisse wieder, Hunger, Durst und der Wunsch, ein Lager für die herannahende Nacht zu finden. Er überlegte gerade, ob er wohl am Strand auf einem Liegestuhl schlafen sollte, als ein Radfahrer, der haarscharf und zu schnell um die Ecke kurvte, ihn streifte und dann stürzte. Sofort war Lorenz bei ihm, hievte das Rad zur Seite und half dem jungen Mann auf, der sich außer ein paar Schürfungen keine ernsthaften Verletzungen zugezogen hatte.

„Danke!", sagte dieser mit einem so warmherzigen Lächeln, dass Lorenz ihn nur ganz fasziniert anschaute. „Und Entschuldigung!", ergänzte er. Der Wanderer konnte den Blick nicht von ihm abwenden, er fühlte sich in einer eigenartigen, unerklärlichen Weise angezogen.

Nun standen die beiden aber immer noch mitten in der Gasse, und ein Mädchen, bestimmt noch nicht im Schulalter, bog auf seinem kleinen Kinderfahrrad ebenfalls zu schnell ein, sodass es nicht mehr bremsen konnte, als es das Hindernis bemerkte, und gegen Lorenz' Beine prallte, wo es eingekeilt zum Stehen kam.

Hocherzürnt blickte es zu den beiden Männern auf, schimpfte wie ein Rohrspatz und während es schon kräftig in die Pedale trat und davonfuhr, schleuderte es ihnen noch Flüche in der hässlichsten Gassensprache nach. Da meinte der junge Mann schmunzelnd: „Von der Kleinen kann ich noch etwas lernen! So hätte ich auf dich losgehen müssen, anstatt mich zu entschuldigen!" Es lag dabei ein solch unwiderstehlicher Schalk in seinen Augen, dass Lorenz ungezwungen lachte.

„Ich bin Sirio", stellte sich der junge Mann vor und spürte jetzt auch eine seltsame Ergriffenheit aufkommen.

„Ich heiße Lorenz."

„Komm, mein Freund". Sirio legte dem Wanderer den Arm um die Schultern, mit der anderen Hand führte er sein Rad neben sich her. „Gehen wir, bevor wir unter die Räder einer Motorrad fahrenden Großmutter geraten!"

Ganz selbstverständlich ließ Lorenz sich führen. Beim Treppenaufgang zur Kirche angelangt, setzten sie sich auf die unterste Stufe, und in der ausklingenden Heiterkeit wollte Sirio wissen, woher der Wanderer denn käme, von hier sei er nicht, das höre man deutlich an seinem Dialekt.

Der Heimatlose zögerte keinen Augenblick, seine wahre Geschichte zu erzählen, denn es war ihm, als ob er diesen etwa gleichaltrigen Mann schon von jeher kannte, und er spürte bedingungsloses Vertrauen in ihn.

„Und du hast wirklich absolut keine Ahnung, woher du stammst?", fragte Sirio etwas ungläubig und musterte den anderen mit einem prüfenden Blick von oben bis unten. Doch das Scherzen konnte er nicht lassen: „Deine seltsamen Kleider mit diesen goldenen Flecken – entweder bist du ein schlechter Theaterschauspieler, den man mit faulem Obst beworfen hat, oder ein entthronter Adliger, dem man das Gold von den Kleidern gerissen hat!"

Das fand der Wanderer hingegen nicht mehr lustig, und seine alte Verunsicherung holte ihn ein. „Ich schwöre dir, ich habe nicht die leiseste Vermutung. Ich gäbe zwanzig Jahre meines Lebens – etwas anderes besitze ich ja nicht –, wenn ich wüsste, wo meine Heimat ist", beteuerte er mit Tränen in den Augen.

Da lächelte Sirio verschmitzt: „Nun ja, unsere Begegnung ist bestimmt kein Zufall…"

Lorenz horchte auf: „Was meinst du damit?"

„Nichts im Leben ist Zufall", antwortete der andere selbstverständlich. „Wärst du nur eine halbe Minute früher oder später die Gasse entlanggekommen, wäre ich an dir vorbeigefahren und wir hätten uns nie kennengelernt. Und auch die kleine Hexe, die uns verflucht hat…" Beim Gedanken an das kecke Mädchen musste er nochmals lachen. Der Wanderer verstand nicht, worauf er hinauswollte: „Was hat die Kleine denn damit zu tun?"

„Vielleicht wäre jeder von uns gleich wieder seinen Weg gegangen, hätte das Kind uns nicht noch einen kleinen Moment verweilen lassen – offenbar haben wir diese Zeit gebraucht, um unsere Seelenverwandtschaft zu erkennen."

„Glaubst du das wirklich?" Lorenz war nicht ganz sicher, ob Sirio sich nicht über ihn lustig machte, obwohl er selbst ja sofort gespürt hatte, wie dieser äußerlich banalen Begegnung etwas Besonderes innewohnte.

„So genau weiß ich das nicht", gab dieser zu, „ich reime es mir eben zusammen, weil ich davon überzeugt bin, es gibt im Leben keine Zufälle. Wenn zwei Menschen einander treffen sollen, setzt der Himmel alles in Bewegung, damit es geschieht."

So etwas Ähnliches, von Begegnungen, die wie ein Blitz einschlagen, hatte Lorenz doch schon einmal gehört. Dennoch konnte er dem Gedankengang nicht folgen: „Der Himmel? Warum sollte der Himmel oder wer auch immer ein Interesse daran haben, dass wir uns kennenlernen?"

„Bin ich ein Hellseher?", gab der andere schalkhaft zurück, fuhr aber gleich ernsthaft weiter: „Ich versuche eben immer zu verstehen, warum etwas geschieht. Und gerade in unserem Fall scheint es mir ziemlich klar!"

Der Heimatlose wurde ungeduldig, allzu rätselhaft war für ihn Sirios Rede; auch spürte er, dass etwas Wichtiges bevorstand. „Jetzt erkläre mir endlich, was du meinst!", forderte er ihn bestimmt auf.

„Entschuldige", lenkte Sirio mit seinem sanften, bezaubernden Lächeln ein. „Ich kann mir gut vorstellen, dass es für dich in der Tat eine ernste Sache ist, nicht zu wissen, wohin du gehörst; aber ich kenne jemanden", jetzt hörte sich seine Stimme geradezu feierlich an, „der dir weiterhelfen könnte."

„Wer?"

„Mein Großvater. Er ist ein weiser Mann und er sieht in die Seelen der Menschen. Vielleicht kann er in deiner lesen und dir klar sagen, wer du bist und welchen Weg du einschlagen sollst."

Wiederum zweifelte Lorenz, ob die Worte des Freundes ernst gemeint waren, und schaute ihn durchdringend an.

Ohne auf die stumme Frage einzugehen, fuhr Sirio fort: „Es ist allerdings nicht so einfach. Mein Großvater lebt nicht hier, sondern auf einer kleinen Insel im südlichen Mittelmeer. Aber ich kann dir sagen, wie du zu ihm kommst."

Ungläubig und verunsichert schwieg der Wanderer und starrte vor sich auf den Boden. Wie damals bei der Zigeunerin befiel ihn Misstrauen, und angesichts der bevorstehenden Möglichkeit, sich selbst zu erkennen, wiederum auch Angst, Angst vor der Wahrheit, vor den Folgen, den Veränderungen, die ein neues Wissen vermutlich mit sich brächte. Gar so schlecht sei es ihm bisher doch nicht ergangen, versuchte eines seiner irreführenden Ichs von diesem entscheidenden Schritt abzuraten. Doch die vielen schmerzhaften Erlebnisse drängten sich schlagartig seiner Erinnerung auf, er spürte auch die Sehnsucht nach der Heimat wieder, die Julia ihm vermittelt hatte, und der Wunsch zu wissen wurde übermächtig. „Bitte erkläre mir, wo ich deinen Großvater finde", sagte er entschlossen.

„Am einfachsten ist es, wenn du mit dem Zug bis Neapel fährst und dich dort einschiffst. Hast du Geld?"

Lorenz schüttelte heftig den Kopf, dachte aber, nach der langen, schwierigen Wanderung, die er schon bewältigt hatte, wäre dies wahrlich kein Hindernis.

„Ich kann dir etwas geben", schlug Sirio vor und fügte schelmisch hinzu: „Das hole ich mir von meinem Großvater zurück, wenn ich ihn das nächste Mal besuche – für seine Schüler soll er selbst bezahlen!"

Lorenz wusste nicht, was das nun schon wieder heißen sollte, überging die Bemerkung jedoch. Nachdem er diesen Entschluss gefasst hatte, fieberte er der Begegnung mit dem weisen Mann so sehr entgegen, dass er für keinen anderen Gedanken mehr offen war.

Er übernachtete im Haus seines neuen Freundes, der ihn am nächsten Morgen zum Bahnhof begleitete und ihn beim Abschied herzlich umarmte, als ob sie sich seit Urzeiten kannten: „An Weihnachten komme ich auf die Insel; ich freue mich, dich dann wiederzusehen!"

Über diesen Satz dachte der Wanderer nach, als er im Zug Richtung Süden saß. Weihnachten? Es fehlten doch noch mehrere Monate! Wie kam Sirio zur Annahme, er, Lorenz, würde dann immer noch dort weilen? Sobald der Weise ihn über seine Identität aufgeklärt hätte, würde er doch sofort aufbrechen.

19

Im ersten Morgenlicht lief das Fährschiff in den Hafen der Insel ein. Lorenz war zwar müde, denn er hatte auf der nächtlichen Überfahrt im unbequemen Sessel nicht viel geschlafen, aber er war so darauf gespannt, Sirios Großvater kennenzulernen, dass er, kaum von Bord, unter den spärlichen Frühaufstehern den ersten Mann, der seinen Weg kreuzte, ansprach: „Können Sie mir sagen, wo Jonathan wohnt?" Nicht einmal seinen Nachnamen wusste er, aber Sirio hatte lachend gemeint, den brauche er sich nicht zu merken, sein Großvater sei auf der Insel bekannt.

„Jonathan der Fischer –"

„Fischer?", unterbrach der Wanderer erstaunt. „Ein alter Weiser soll er sein…"

„Ja, ja, der Fischer", gab der andere ungeduldig zurück, „wir haben nur einen Jonathan auf der Insel, und jeder kennt ihn." Er beschrieb dem Fremden den Weg.

,Ein Fischer', dachte Lorenz. Davon hatte Sirio nichts gesagt. Das sollte ein weiser Mann sein, der in den Seelen liest? Doch schon war er bei dessen Haus angelangt, und es blieb ihm keine Zeit, länger darüber nachzusinnen. Er klopfte an die Tür und zog seinen Arm beinahe erschrocken gleich wieder zurück. Es war ja noch so früh am Morgen! Das hatte er überhaupt nicht bedacht nach seiner durchwachten Nacht. Doch schon wurde geöffnet: Eine alte Frau stand vor ihm und lächelte ihn an. Trotz der vielen Runzeln sah man, dass sie als junges Mädchen sehr schön gewesen sein musste. „Du bist bestimmt Lorenzo, Sirio hat uns angerufen und deine Ankunft angekündigt. Komm herein, ich bin Serena."

„Guten Tag", sagte der Heimatlose schüchtern. Sie wies ihm einen Platz am Tisch zu und stellte ihm etwas zu essen hin. „Bestimmt hast du Hunger, und nachher kannst du dich noch ein bisschen ausruhen. Mein Mann ist auf seinem Morgenspaziergang und wird vor dem Mittagessen nicht zurück sein."

Lorenz wusste nicht recht, wie er sich verhalten sollte, meinte aber, etwas sagen zu müssen: „Sie sind also Sirios Großmutter", wie banal, durchfuhr es ihn gleich, er beendete den angefangenen Satz dennoch, „auch von Ihnen hat er viel erzählt."

„Du darfst ruhig Du zu mir sagen, wir messen hier die Höflichkeit nicht an äußeren Formen."

Nachdem er gegessen hatte, zeigte sie ihm ein einfach eingerichtetes Zimmer, in dem er ein paar Stunden versäumten Schlafes nachholen durfte.

Als er erwachte, sah er einen Greis mit weißen Haaren und weißem Bart in der Tür stehen. Er entsprach seiner Vorstellung eines Weisen – aber auch dem Bild eines alten Fischers. Seine strahlenden Augen verrieten jedenfalls innere Zufriedenheit und Lebensfreude.

„Ich bin Jonathan", stellte er sich nach einer Weile stummen Betrachtens vor, und seine Stimme klang unerwartet voll und jugendlich. „Sei willkommen in unserem Haus."

Der Wanderer wusste nicht recht, ob Serenas Aufforderung zum unkomplizierten Duzen auch für ihren Mann galt, sodass er den Gruß vorerst mit einem unverbindlichen „Buon giorno" erwiderte.

„Magst du mich auf einen Spaziergang begleiten? Dann zeige ich dir etwas von unserer Insel, die ja für eine Weile dein Refugium sein wird."

Lorenz nickte, wunderte sich aber, dass auch der Alte, wie zuvor schon sein Enkel, davon ausging, er wolle sich längere Zeit hier aufhalten. Refugium hatte er es genannt – als ob er vor jemandem oder etwas Schutz suchte... Er traute sich aber nicht nachzufragen und folgte ihm.

Sie verließen das Dorf und stiegen auf einem Schotterpfad steil bergan. Schweigend gingen sie Seite an Seite, bis sie zuoberst auf dem Hügel ein mächtiges weißes Kreuz erreichten, das die ganze Insel zu beschützen schien. Hier setzte sich Jonathan ins Gras und deutete mit einer Handbewegung, Lorenz möge neben ihm Platz nehmen.

,Nun wird er mir sagen, wer ich bin, wo meine Heimat ist – wenn er tatsächlich in meiner Seele lesen kann, denn bestimmt hat Sirio ihm erzählt, warum ich ihn aufsuche', dachte Lorenz erwartungsvoll.

Doch der Weise – und da begann der Wanderer schon daran zu zweifeln, ob er wirklich ein solcher sei – fing eine ganz banale Konversation an. Er fragte Lorenz, ob er früher schon auf einer Insel gewesen sei, wie er die Überfahrt erlebt habe, erzählte seinerseits, wie er als junger Mann zum ersten Mal das Festland betreten – eine längere Reise in den Norden mit seiner Großmutter – und später die Insel noch einmal für ein paar Monate verlassen hatte, im Übrigen kenne er aber nicht viel von der Welt und sein weit gereister Gesprächspartner möge ihm doch von den Orten erzählen, die er auf seiner langen Pilgerschaft besucht habe. Diesem schien hingegen all das so unwichtig, ja Zeitverschwendung, war er doch hergekommen, um nur eines zu erfahren. Je länger die Unterhaltung sich hinzog, desto mehr wuchs seine Überzeugung, er habe es hier in der Tat nur mit einem alten Fischer zu tun, der nicht einmal besonders viele Kenntnisse besaß, weil er doch sein ganzes Leben auf dieser Insel verbrachte, dem Weltgeschehen abgewandt. Offenbar hatte ihm sein Enkel auch den Grund von Lorenz' Besuch nicht mitgeteilt, und er selbst mochte seine Frage gar nicht mehr stellen. Er war sicher, Jonathan würde ihn nur verständnislos anschauen und sich über dieses Anliegen wundern. Warum hatte er bloß Sirios Verheißungen so leichtgläubig vertraut? Er beschloss, das Haus des Fischers in den nächsten Tagen zu verlassen und seinen Weg wieder selbst zu suchen, denn dass sich seine Heimat nicht auf diesem Eiland befinden konnte, schien ihm offensichtlich. Da wurde er sich mit Schrecken auch bewusst, auf der Insel gefangen zu sein, denn der Freund hatte ihm nur Geld für eine Einweg-fahrkarte gegeben. Er tröstete sich sofort damit, sie sei nicht teuer gewesen und er könne bestimmt irgendwie, vielleicht mit einigen Gelegenheitsarbeiten, den Betrag zusammenbringen. Er hoffte sogar, Jonathan würde ihm damit aushelfen, wenn er ihm eröffnete, seinen Weg auf dem Festland fortsetzen zu wollen.

Während Lorenz noch nachdachte, hob der Alte wieder zu reden an: „Gehen wir weiter? Es gibt noch einen Ort, den ich dir zeigen möchte." Lorenz war nicht nach Spazie-ren zumute und die Sehenswürdigkeiten der Insel, die er ohnehin bald verlassen wollte, interessierten ihn nicht sonderlich. Er traute sich indes nicht, der Einladung des alten Mannes nicht Folge zu leisten und ihn womöglich zu kränken, schien er doch so stolz auf seine Heimat zu sein.

Auf dem gleichen steilen Weg stiegen sie hinunter; kurz bevor sie das Dorf erreichten, verließ Jonathan den Pfad und bahnte sich einen Weg durch Büsche und Gestrüpp, darauf bedacht, keine Zweige zurückschnellen zu lassen, denn der Heimatlose folgte ihm dicht, aus Angst die Spur des Ortskundigen zu verlieren. Nach einer Weile erreichten sie eine kleine Bucht; ihr vorgelagert, unweit des Ufers, thronte im Meer, von sanften Wellen umspült, ein mächtiger Fels. Der alte Fischer schenkte ihm einen zärtlichen Blick und sagte verträumt: „Dies ist ein Ort der Kraft. Mein ganzes Leben lang bin ich hierher gekommen, wenn mich etwas bedrückte, wenn ich nachdenken wollte, sooft ich das Alleinsein mit mir suchte."

Lorenz hatte der beschwerliche Weg durch die Macchia überhaupt keinen Spaß bereitet, und seine Enttäuschung reichte jetzt bis an die Grenze der Höflichkeit. ‚Ein Ort der Kraft, dass ich nicht lache! Glaubt der Alte etwa an Magie und Zauberei?‘, dachte er. Er konnte sich gut vorstellen, dass auf einer von der Zivilisation abgeschirmten Insel die Zeit langsamer lief und mancher Aberglaube noch nicht ausgerottet war. Er ärgerte sich, diese Reise im blinden Glauben an Sirios kindliches Idealbild seines Großvaters überhaupt unternommen zu haben.

Stumm und andächtig stand der Fischer einfach da, schien seinen Begleiter völlig vergessen zu haben, was dessen Verdruss noch verstärkte. Nur der Respekt vor dem ehrwürdigen Alter ließ Lorenz ausharren, wobei er seiner Unruhe aber absichtlich freien Lauf ließ. Er wagte sich bis zum Wassersaum vor, hob einen Stein auf, schleuderte ihn in die Wellen, traf mit dem nächsten den Felsen, stapfte bis ans andere Ende der Bucht und wieder zurück. Der völlig versunkene Jonathan rührte sich nicht und verriet nicht einmal durch eine Augenbewegung, die Ungeduld des Wanderers wahrzunehmen.

Was Lorenz wie eine kleine Ewigkeit vorkam, dauerte in Wirklichkeit nur wenige Minuten. Danach schlug der alte Mann vor, nach Hause zurückzukehren.

Der Abend verlief mit fröhlichem Geplauder. Serena erzählte von ihren Kindern und Enkeln, wo sie überall verstreut lebten, man sprach über die täglichen Begebenheiten im einfachen Dasein der Inselbewohner, wer ausgewandert, wer aus der Fremde zurückgekehrt sei, welche Frau ein Kind geboren und welcher Greis das Zeitliche gesegnet habe, warum Benedettos Fischerboot im Hafen geblieben und wie der Sommer für die armen Bauern viel zu trocken ausgefallen sei. Seine Gastgeberin gefiel Lorenz gut, sie war eine warmherzige, kluge Frau. Ihren Mann hätte er auch gemocht, wären mit ihm nicht unerfüllte Erwartungen und enttäuschte Hoffnungen verknüpft gewesen.

Als Lorenz am nächsten Morgen aufstand, hatte Jonathan das Haus längst verlassen. „Wie jeden Tag", erklärte Serena, „und er kommt erst zum Mittagessen zurück."

Der Wanderer war nicht unglücklich darüber, blieb ihm doch erspart, den Alten auf seinen Streifzügen begleiten zu müssen. Er vertrieb sich die Zeit, indem er durch das Dorf schlenderte und sich wie nebenbei erkundigte, ob jemand eine Gelegenheitsarbeit zu vergeben hätte, die ihm ein wenig Geld einbrächte. Er merkte und erfuhr aber bald, dass die Menschen auf der Insel arm waren, jeder für sich selbst sorgte, die wenigen Jobs im Gastgewerbe oder als Aushilfe in einem Laden alle besetzt waren und bereits Einheimische auf eine freie Stelle warteten. Das bestärkte Lorenz in seinem Gefühl, sich in einem Gefängnis zu befinden, in das er sich freiwillig und unüberlegt begeben hatte, was ihn wütend auf Sirio und auf sich selbst machte. ‚Da bleibt mir nichts anderes übrig‘, überlegte er, ‚als mich als blinder Passagier einzuschiffen; so schwierig dürfte es nicht sein, vor allem nicht auf den großen Fährschiffen.‘ Es war ihm nämlich aufgefallen, wie die Kontrolle der einfahrenden Autos ziemlich hektisch und ungeordnet ablief und die zuständigen Männer einen Fußgänger, der über die Fahrzeugrampe hineinging, kaum beachteten, denn es hätte ein Mitfahrer eines Wagens sein können. Er setzte sich auf die Hafenmauer und beobachtete das Treiben. Vor Kurzem hatte eine Fähre angelegt und bald würde das Einschiffen beginnen. Er wollte genau hinschauen, um herauszufinden, wie er am besten unbehelligt an Bord käme. Einmal drinnen, fiele er unter den Hunderten Passagieren nicht auf.

„Hast du schon wieder Fernweh, kaum bist du angekommen?“, hörte er plötzlich Jonathans Stimme hinter sich.

Überrascht wandte er sich um, fing sich aber sofort und benutzte die Gelegenheit, seine Abreise für den nächsten Tag anzukündigen. Jonathans Gesichtsausdruck wurde ernst, nur seine Augen lächelten nach wie vor, als er fragte: „Hast du denn schon gefunden, was dich hierher führte?“

Mit übertriebener Gleichgültigkeit, die seine Verwirrung verbergen sollte, fragte Lorenz zurück: „Was hat Sirio denn erzählt, warum ich hergekommen bin?“

Beinahe unbeteiligt klang jetzt die Stimme des Greises: „Er meinte, du suchest den rechten Weg und wollest erfahren, wer du bist.“ Der Wanderer war nicht sicher, wie diese Worte gemeint waren; einerseits schien ihm keine Zweideutigkeit mitzuklingen, und doch konnte selbst der

Fischer nicht so naiv sein anzunehmen, jemand, der seinen Weg suche, komme ausgerechnet auf solch eine unbedeutende Insel, auf der bestimmt kein Hinweis zu finden war.

‚Warum verstelle ich mich eigentlich vor dem Alten?‘, dachte er aufgebracht gegen sich selbst. ‚Soll er doch über mich lachen, ich habe nichts zu verlieren, morgen bin ich sowieso weg.‘

Entschlossen antwortete er auf die vorausgegangene Frage: „Nein, ich weiß immer noch nicht, wer ich bin, und ehrlich gesagt, habe ich auch keine Ahnung, wohin ich gehen soll. Aber hier auf einer Insel“, jetzt versuchte er Ironie mit einzubringen, „sind die Möglichkeiten, meinen Weg zu finden, etwas begrenzt. So kehre ich aufs Festland zurück, dann sehe ich weiter.“

Er spürte, wie er dem heiteren Blick des Fischers eigentlich nicht standhalten konnte, ebenso wenig vermochte er aber, sich der liebevollen Umarmung, die er ausdrückte, zu entziehen. Er wurde verlegen: „Sirio meinte eben, Sie könnten“ – er hatte immer noch Mühe, den Greis zu duzen, obwohl dieser ihn dazu ermuntert hatte – „du könntest mir sagen, wer ich bin und woher ich komme, wohin ich zu gehen habe.“ Die wörtliche Formulierung seines Freundes, der Großvater könne in den Seelen lesen, vermied er absichtlich.

„Aber du hast mich ja überhaupt nicht danach gefragt!“ Jonathan stellte sich erstaunt. Langsam begann der Wanderer zu ahnen, dass er sich im Greis vielleicht doch getäuscht hatte und dieser nun sein Spiel mit ihm trieb. Er meinte, sich rechtfertigen zu müssen, um davon abzulenken, ihn in seiner Überheblichkeit falsch eingeschätzt zu haben: „Ich habe mich nicht getraut, dich damit zu belästigen... Ich dachte, Sirio hätte dir gesagt, worum es geht, und du würdest mich dann schon darauf ansprechen, wenn du es für richtig hieltest."

Jonathan schüttelte lächelnd den Kopf: „So groß ist deine Angst noch?" Und bevor der junge Mann sich darüber freuen konnte, dass seine Ausrede die erwünschte Wirkung erzielt hatte, fuhr der Weise nüchtern und scharf fort: „Wenn du aufrichtig suchst und dein Wunsch zu wissen, wer du bist und wo deine Heimat liegt, über allem anderen steht, musst du die Angst verbannen – und nicht noch lügen, um sie zu verheimlichen."

Beschämt senkte Lorenz den Kopf. Sanft fasste Jonathan ihn beim Kinn und zwang ihn, ihm wieder gerade in die Augen zu schauen: „Aufrecht dastehen – das darfst und sollst du dennoch immer!"

So viel Liebe lag in diesem Blick, so viel Ermunterung, Verständnis, Angenommensein in diesen Worten, so tief in seinem Innersten war er berührt, dass er mit bewegter Stimme murmelte: „Verzeih mir. Ich bin hier, um von dir die Wahrheit über mich zu hören. Bitte sag mir, was du weißt."

„Die Wahrheit kann ich dich nicht lehren, auch kannst du sie nicht lernen, du kannst sie nur in dir erfahren."

Erneut wurden Lorenz' Erwartungen enttäuscht. Auch von Jonathan hörte er nur, wie die Zigeunerin schon angedeutet hatte, er müsse alles allein herausfinden.

Der Weise kam seinem Einwand zuvor: „Das Leben ist dein Lehrer: Die Erfahrungen und Erkenntnisse, die du in den alltäglichen Begegnungen findest, mit anderen Menschen und mit dir selbst, führen dich zum Wissen und zur Wahrheit."

Lorenz machte seiner Entmutigung Luft: „Dann hätte ich nicht zu dir kommen müssen..."

Jonathan fand die richtigen Worte, um den Verzagenden zu trösten: „Hast du erst einmal angefangen, hinter die Trugbilder des Lebens zu schauen, wird dir jede erdenkliche Hilfe zuteil. Es war kein Zufall, dass du Sirio begegnet bist, der dich ermunterte zu mir zu fahren; ich kann dir Antworten auf Fragen geben, auf die du sonst länger warten müsstest, ich kann dir an Weggabelungen die Entscheidungen zwar nicht abnehmen, dir aber helfen, den direkten Pfad zu erkennen, dich vielleicht davor bewahren, einen Umweg einzuschlagen. Aber für dich gehen, kann ich nicht, jeden Schritt musst du selbst tun, wie freudig oder schmerzhaft er auch ist. Auf eines aber darfst du stets vertrauen: Wer seinem Weg folgt, mit Willenskraft und Überzeugung, wird sein Ziel nicht verfehlen, vergiss das nie! Es ist das göttliche Versprechen an den Menschen."

20

Lorenz blieb im Haus der Fischersleute und ließ die Tage in ihrem natürlichen, monotonen Rhythmus verstreichen. Der Weise führte mit seinem Schüler lange Gespräche, in denen er dessen unzählige Fragen zu den Erlebnissen auf seinem bisherigen Weg beantwortete, Zusammenhänge erklärte, den tieferen Sinn hinter den Ereignissen ans Licht brachte und erläuterte. Vor allem aber nutzte er die banalen täglichen Geschehnisse, um dem Wanderer liebevoll aufzuzeigen, wenn sein Verhalten noch von Angst geprägt war, von unbedeutenden, dummen Wünschen, und wie oft sich das selbstsüchtige Ego über die leise Stimme der Seele hinwegsetzte.

Viel Zeit verbrachte Lorenz aber auch allein, und dann dachte er über die Unterweisungen nach. Plötzlich schien alles so schnell zu gehen: Er verstand vieles als gut und notwendig, was er vorher nur für boshaftes Schicksal gehalten hatte, erlebte die Freude, die neue Erkenntnisse mit sich bringen, und das bittere Verzagen, wenn es ihm nicht gelang, das theoretisch Erfasste dann bei seinem Verhalten in die Tat umzusetzen. Immer wieder musste er feststellen, dass etwas wissen und danach handeln nicht dasselbe ist: Die verschiedenen Ichs in ihm verfolgten verschiedene Ziele, und einmal war dieses, einmal jenes stärker und übernahm die Macht. War er in einem Augenblick noch überzeugt, etwas auf eine bestimmte Art und Weise tun zu wollen, entsprach sein tatsächliches Handeln wenig später überhaupt nicht seinem Vorsatz. Das passierte ihm ganz besonders dann, wenn er Angst hatte, es jemandem nicht recht zu machen, vor allem natürlich

Jonathan, den er sehr verehrte und dessen Zuneigung und Anerkennung ihm wichtig waren.

Es gab Tage, an denen der alte Fischer ihn ein gutes Dutzend Mal darauf aufmerksam machte, dass er sich schon wieder rechtfertige, eine unbedeutende Handlung des Langen und Breiten erkläre. „Ich hole die Milch gegen Abend, dann gehe ich nämlich nochmals in jene Richtung, weil ich ja ohnehin noch einen Spaziergang mache", begrüßte Lorenz einmal Serena, als er nach einer Wanderung zum Mittagessen zurückkam. „Ich habe doch nichts gesagt!", erwiderte sie lachend. Er aber fuhr fort: „Ich habe die Milch nicht etwa vergessen, aber du hast ja gesagt, für heute reiche sie noch, wir bräuchten sie erst morgen. Dann ist es ja früh genug, wenn ich sie hole, bevor die Geschäfte schließen. Weißt du, ich war heute Morgen auch noch gar nicht im Dorf. Aber du kannst dich auf mich verlassen, ich denke ganz bestimmt daran."

In solchen Situationen wies Jonathan ihn meistens scherzhaft darauf hin, doch wenn es sich häufte, konnte er auch unbeugsam scharf reagieren, besonders wenn Lorenz mit unzähligen „Nicht wahr?" immer wieder die Bestätigung suchte, dass er in den Augen seines Lehrers das Richtige dachte und tat.

„Warum muss ich diese Angst überhaupt loswerden?", wandte der geplagte Schüler einmal frustriert ein.

„Weil du die Wahrheit suchst. Die Angst ist einer der Schleier, die sie verhüllen. Dadurch kannst du sie nicht sehen, höchstens manchmal erahnen. Wenn das Licht direkt durch den Schleier scheint, erkennst du vielleicht Umrisse, aber die höchste Wahrheit bleibt dir verborgen, bis du ihn gänzlich heruntergerissen hast."

Jonathan leitete seinen Schüler gleichzeitig mit liebender Strenge und verständnisvoller Nachsicht; nie versäumte er, nachdem er Schwächen hervorgehoben hatte und Lorenz niedergeschlagen daran zweifelte, es je zu schaffen, ihn am bereits Erreichten wieder aufzurichten und ihm Mut zu machen für die kommenden Schritte.

Wirklich hart ging Jonathan mit Lorenz nur ins Gericht, wenn er in dessen Verhaltensweise Menschen gegenüber Geringschätzung entdeckte. Er erklärte ihm mehr als einmal, Überheblichkeit erwachse nur aus der Angst, denn wer keine Angst habe, von anderen für gering, dumm und unfähig angesehen zu werden, habe es nicht nötig, sich durch Überheblichkeit eine vermeintlich bessere Position zu verschaffen, die in Wirklichkeit nur der Verteidigung diene und dadurch schon die eigene Schwäche verrate. „Nimm immer eine Haltung von verständnisvoller Ruhe ein, achte stets darauf, dass die Menschen sich in deiner Gegenwart wohlfühlen", pflegte er zu sagen.

Er ermahnte ihn aber auch bei achtlosem Umgang mit Tieren und Pflanzen und sogar, wenn er Gegenstände unsorgfältig behandelte: „In allem, im Belebten und Unbelebten, ist das göttliche Bewusstsein."

Einige Wochen waren vergangen, in denen Lorenz staunend und freudig bemerkt hatte, wie an seinem Hemd und seiner Hose fortwährend neue goldene Stellen erschienen. Dieses eigenartige Verhalten seiner Kleider war eine der wenigen Fragen, auf die er Jonathan noch nicht angesprochen hatte. Irgendwie – er konnte es sich nicht recht erklären – war es ihm peinlich. So schob er es von Tag zu Tag auf, ließ eine Gelegenheit um die andere ungenutzt verstreichen. Es schien ihm sogar, in ihren Gesprächen fiele auffällig oft ein passendes Stichwort, als inszenierte ein Regisseur das Ganze, um ihm die nötigen Chancen zu bieten. Aber er traute und traute sich nicht, schämte sich vor sich selbst dafür, ärgerte sich über seine Feigheit und den immer wieder nicht eingehaltenen Vorsatz „Morgen sag ichs", bis er beschloss, diesen hinderlichen Teil in sich zu überlisten.

Beim nächsten Spaziergang eröffnete er Jonathan: „Da ist etwas, was ich dich fragen möchte, aber ich traue mich einfach nicht: Was soll ich machen?" Natürlich wusste er, sein Lehrer würde ihm keine Ruhe lassen, bis er es gesagt hätte. Doch entgegen seiner Erwartung drängte Jonathan ihn nicht, er schien weder neugierig noch besonders daran interessiert zu sein; vielmehr erkundigte er sich nach dem Grund, warum es Lorenz so schwerfalle.

„Ich weiß es nicht", antwortete dieser, und es war die Wahrheit. „Es ist mir in einer mir unverständlichen Art peinlich, ich schäme mich…"

„Weshalb? Weil es etwas Schlechtes ist?"

„Nein, überhaupt nicht", wehrte der Wanderer sofort ab.

„Hast du Angst, dass ich dich tadeln könnte für deine Unwissenheit?"

Da überlegte der Schüler schon länger, verneinte dann aber ebenso sicher.

Der alte Fischer ließ nicht locker und forschte weiter: „Befürchtest du, meine Wertschätzung zu verlieren?"

Lorenz schüttelte den Kopf und sagte lächelnd: „So viel habe ich von dir bereits gelernt, dass ich versuche, nicht von der Bewertung anderer Menschen abhängig zu sein –

obwohl es mir bei dir schon wichtig ist, was du von mir hältst." Er fügte augenzwinkernd hinzu: „Weil ich dich doch brauche! Ganz egoistisch einfach brauche."

Ohne auf den Anflug von Ironie einzugehen, erwiderte der Weise ernst: „Das darfst du. Du sollst dich deswegen nicht einen Egoisten schimpfen, es ist dein Recht, um das zu bitten, was du brauchst, und von anderen Menschen das anzunehmen, was sie dir geben. Wenn sie es nicht aus freien Stücken tun, sondern von den eigenen Ängsten und Unsicherheiten getrieben, soll dich das nicht daran hindern; denn nicht dadurch, dass du sie schonst, öffnen sich ihnen die Augen, sondern nur wenn sie sich immer wieder benutzt und ausgebeutet fühlen, schaffen sie es irgendwann, sich trotz ihrer Ängste aufzulehnen und Nein zu sagen. – Und bei mir", jetzt erst ließ er Heiterkeit anklingen, „brauchst du überhaupt keine Bedenken zu haben. Du hast ja bereits mehr als einmal erfahren, dass ich mich nicht scheue, dir nicht alles zu geben, was du begehrst."

Der Wanderer hatte zwar zugehört, doch gleichzeitig krampfhaft darüber nachgedacht, wie er das Gespräch, das in eine andere Richtung zu entgleiten drohte, wieder auf den Kernpunkt, der ihm am Herzen lag, lenken könnte. Natürlich unterschätzte er seinen Lehrer, denn dieser kam selbst darauf zurück: „Jedenfalls hast du recht, Angst vor Liebesentzug ist es nicht." Daraufhin schwieg er; obwohl er wusste, worum es ging, wollte er Lorenz die Chance nicht nehmen, diesen Schritt selbst zu tun und daran zu wachsen.

21

Die Insel war felsig, die Küste steil. Manchmal erinnerte sich Lorenz mit Wehmut an den langen, flachen Sandstrand, an dem er von der Flussmündung bis in Sirios Dorf entlangspaziert war. Der einzige Zugang zum Meer, den er hier zu Fuß mühelos erreichen konnte, war die kleine Bucht, die Jonathan ihm am ersten Tag gezeigt hatte. Sei es nun ein Ort der Kraft, wie sein Lehrer behauptete, oder nicht, es zog ihn oft dorthin, wenn er allein sein wollte oder über etwas nachzudenken hatte.

An einem strahlenden Novembernachmittag, an dem die Sonne noch ungewöhnlich warm schien und das Meer ganz ruhig war, wollte er mit dem Bus auf die andere Seite der Insel fahren, um einmal etwas Neues zu entdecken. Er besorgte sich einen Fahrplan und machte sich rechtzeitig zur Haltestelle auf. Da stand er dann und wartete und wartete, eine kleine Ewigkeit, wie ihm schien, aber der Bus kam einfach nicht. Mürrisch und missmutig ging er davon. Nun blieb ihm also nichts anderes übrig, als einmal mehr die vertraute Bucht aufzusuchen. Plötzlich spürte er sogar einen unerklärlichen Drang dazu.

Wie er sie erreichte, erblickte er eine junge Frau, die auf dem großen Felsen unweit des Ufers saß und ins Meer hinaussah. Ohne lange zu überlegen, krempelte er die Hosenbeine hoch, watete durch das seichte Wasser und kletterte flink zu ihr hinauf. Sie wandte sich um und schaute ihn mit dunklen, fragenden Augen an. Er aber erschauerte, empfand eine unbestimmte, unheimliche Ahnung. Um sie zu verdrängen, redete er drauflos: „Bist du das erste Mal hier? Ich habe dich noch nie gesehen!"

„Nein", antwortete sie, und ihr ruhiger Blick verlor seinen fragenden Ausdruck und bekam eine unergründliche Tiefe, „ich komme immer hierher, wenn ich mit mir allein sein will und um Kraft aus der Natur zu schöpfen."

Lorenz' erste mulmige Empfindung in der Magengegend verflüchtigte sich, und in seinem Herzen ereignete sich etwas Gewaltiges, so plötzlich und unerwartet, als hätte es jemand mit einem Schalter angeknipst: Ein unbeschreibliches Gefühl von Glückseligkeit, zugleich von Sehnsucht und Wärme, eine innere Umarmung, breitete sich in ihm aus. Obwohl er so etwas noch nie gespürt hatte, wusste er, dass dies nun die wahre Liebe war.

Selten hatte er den Weg von der Bucht zum Haus in solcher Eile zurückgelegt, er war beinahe ununterbrochen gerannt und stürzte jetzt zur Tür hinein: „Nonno!"

Nonno? Hatte er Jonathan soeben Großvater genannt? Serena, die in der Küche das Abendessen zubereitete, schaute ihn erstaunt an: „Was ist denn mit dir los?"

Lorenz missverstand ihre Äußerung und entschuldigte sich: „Es ist mir so herausgerutscht. Aber Jonathan hätte bestimmt nichts dagegen, wenn ich ihn Nonno nenne…"

Da musste die alte Frau lachen: „Nein, bestimmt nicht! Aber ich meinte, warum bist du so aufgeregt?"

Der Wanderer zuckte zusammen: „Merkt man mir das an? Ich…" Er wusste gar nicht, wie ausdrücken, was er empfand. Er hätte sagen müssen: „Ich liebe", wollte er den Gedanken, der ihm unmittelbar nach der Begegnung mit der jungen Frau gekommen war, aussprechen. Aber es laut zu sagen, wäre der Entweihung von etwas Heiligem gleichgekommen. Zudem schwamm er in einem Meer von

Gefühlen, konnte sich kaum über Wasser halten, ruhte dennoch in Empfindungen von Vertrauen, Vertrautheit und Verbundenheit, und darüber musste er unbedingt mit Jonathan reden, nicht mit Serena. So setzte er den angefangenen Satz stammelnd fort: „Ich bin... mir ist... ich habe eine Frau kennengelernt."

Serenas erwartungsvoller Blick, der während der ganzen Zeit seines Schweigens versucht hatte, die Worte aus ihm herauszulocken, wandte sich wieder ab, und sie meinte mit einem erleichterten Seufzer: „Gott sei Dank! Ich hatte schon Angst, dir sei etwas Schlimmes zugestoßen!" Sie fragte nicht weiter, denn in ihrer Feinfühligkeit merkte sie wohl, dass er nicht mit ihr darüber sprechen wollte.

„Jonathan ist nach Sizilien hinüber, Freunde besuchen", erklärte sie, „aber zum Abendessen ist er zurück."

Lorenz ging zum Hafen, um seinen selbst erwählten Großvater gleich beim Aussteigen aus dem Tragflügelboot abzufangen, so sehr drängte es ihn, das Erlebte zu erzählen und zu erfahren, was der weise Mann davon hielt. So überfiel er ihn förmlich, kaum hatte dieser Fuß an Land gesetzt. „Erinnerst du dich, wie ich dir vom Mönch und seiner Freundin erzählt habe, von dieser Liebe, die wie ein Blitz einschlagen soll? Das ist mir heute passiert, in der kleinen Bucht, an diesem Ort der Kraft, wie du ihn genannt hast. Auf dem Felsen, der etwas vorgelagert im Meer steht..." Jonathan lächelte: „Der Elefantenfelsen!"

Der Liebende ließ sich nicht gerne unterbrechen: „Ja, ja, ein bisschen sieht er aus wie ein Elefant, aber das ist nicht so wichtig. Dort oben saß eine Frau und ohne zu überlegen – ich kann gar nicht sagen warum, ich wusste nicht, was ich tat – bin ich auch auf den Felsen geklettert und habe mich neben sie gesetzt. Dann ist es gleich geschehen: Wir haben uns angeschaut und der Blitz hat uns getroffen! Nicht nur mich, auch sie, das habe ich deutlich gespürt. Es war so überwältigend, es hat uns beide sprachlos gemacht, wir haben kaum miteinander geredet, einfach dagesessen, aufs Meer hinausgesehen und uns immer wieder in die Augen geschaut, uns gespürt, es war, als ob ich sie schon ewig kannte, als wären wir nur noch eins…" Er hielt inne, verstummte, beim Erzählen nochmals von aufwühlender Rührung ergriffen.

„Wer ist sie? Bestimmt kenne ich sie, sofern sie auf dieser Insel lebt", sagte Jonathan.

„Ja – das ist mir beinahe schon wieder entfallen! Das ist noch verrückter! Weißt du noch – die Wahrsagerin, die mir damals aus der Kristallkugel die Zukunft voraussagen wollte? Die hat mich doch am Meer stehen sehen mit einer Frau, einer gewissen Francesca – und genau so heißt sie! Was hat das zu bedeuten?"

Der alte Fischer legte dem verwirrten Liebenden zärtlich den Arm um die Schultern: „Es bedeutet, dass du hier nicht nur deine wahre Identität erkennen sollst, sondern auch noch eine andere wichtige Erfahrung machen darfst, einen weiteren Schritt zu deiner inneren Tiefe; denn der Seele am nächsten ist das Herz, und starke Gefühle öffnen den Zugang zu ihr. Hab keine Angst, dich darauf einzulassen, dich diesem Erleben ganz hinzugeben und dich vielleicht sogar darin zu verlieren. Durch solche Erfahrungen der Liebe muss jeder Mensch hindurch, früher oder später, denn die Liebe ist eines der machtvollsten Werkzeuge, um sich selbst zu finden, sich selbst zu erkennen. Und das ist es doch, was du ersehnst."

„Ja", meinte Lorenz, nachdem er eine Weile nachgedacht hatte, „aber das habe ich schon beinahe vergessen, seit ich Francesca kenne…"

Jonathan drückte ihn fest an sich und nickte: „Ja, dies geschieht oft, dass man sich in einer großen Liebe selbst vergisst. Das macht nichts: Nach einer Weile erinnert man sich wieder an den wahren Sinn, und dann geht man gemeinsam weiter, Seite an Seite, Hand in Hand, und doch jeder auf seinem eigenen Weg und sein Ziel nicht aus den Augen lassend. Vielmehr hat man die Chance, seine eigene Wachheit wieder und wieder zu prüfen – ob man noch sein Selbst oder bereits das Leben des andern lebt und sein eigenes verleugnet."

Lorenz runzelte die Stirn. „Das hört sich nicht wie eine einfache Aufgabe an."

Der Weise sagte ermutigend: „Ich bin froh, dass du mir davon erzählt hast. Mach dir keine Sorgen, ich werde dich durch diese Erfahrung begleiten. Sofern du es willst."

Der Wanderer spürte, wie das lodernde Gefühl, das er für Francesca empfand, sich auch auf Jonathan ausdehnte. Er umarmte den alten Mann, legte den Kopf an seine Schulter, und flüsterte mit Tränen in den Augen: „Danke, Nonno."

22

Immer wieder erkundigte sich Jonathan, ob Lorenz bereit sei, die aufgeschobene Frage zu stellen. Wenn der Schüler sich dann zierte, mit Ausreden begann: „Ich weiß nicht, wie ich es sagen soll, wo fange ich bloß an?", brach der Weise das Gespräch schnell ab. „Niemand setzt dich unter Druck, wenn nicht du dich selbst. Warte ruhig, bis der richtige Moment für dich gekommen ist." Er sagte es liebevoll, ohne den leisesten Vorwurf.

Aber er ließ auch nicht locker, fing jeden Tag wieder davon an. Nach etwa zwei Wochen war es auch Lorenz zur Selbstverständlichkeit geworden, und eines Nachmittags, als sie nebeneinander auf einer Bank im Hafen saßen, stellte er unbedacht seine Frage, als käme sie ihm gerade erst in den Sinn: „Diese goldenen Flecken an meinen Kleidern waren nicht von Anfang an da, und es werden immer mehr. Bestimmt kannst du mir sagen, was es damit auf sich hat." Und wie es nun einmal heraus war, verstand Lorenz schon im darauffolgenden Augenblick nicht mehr, warum es ihn so viel Überwindung gekostet hatte.

Jonathan legte seinem Schüler den Arm um die Schultern und drückte ihn freundschaftlich an sich: „Du bist im Schlamm aufgewacht und hast nur Schlamm an dir gesehen, dich für eine unwürdige Kreatur, einen Bettler, gehalten. Auf deinem Lebensweg hast du dann Erfahrungen und Erkenntnisse gesammelt: Mit jeder blätterte etwas von diesem Morast ab und enthüllte mehr und mehr deine wahre Natur."

Nach dieser Erklärung, die Lorenz für sich auch schon einmal gefunden, aber nicht wirklich geglaubt hatte, leitete der weise Fischer ihn langsam zur entscheidenden Erkenntnis, so als wäre sie nichts Besonderes, nicht die Frage, die den Wanderer seit jeher gequält und ihn zu Jonathan getrieben hatte, die lang ersehnte Wahrheit: „Und jetzt weißt du auch, wer du bist."

Lorenz' Augen leuchteten auf, als wollte seine Seele aus der Tiefe rufen: „Das habe ich schon immer gewusst!" Doch sofort senkte er beschämt den Blick und stammelte verlegen: „Nein, woher – warum sollte ich…"

Da der Wanderer nun so nahe daran war, einen wichtigen Schritt zu tun, ließ der Weise nicht zu, dass er weiterhin auswich: „Wirklich nicht? Komm, bleib jetzt nicht stehen – sag mir, was du eben gedacht hast!"

„Ein kleiner Junge meinte einmal, ob ich nicht etwa ein König sei…", warf Lorenz wie beiläufig hin, bemüht, Ungläubigkeit mitklingen zu lassen.

„Und du – was meinst du?"

Der Wanderer sah sich in die Enge getrieben und verteidigte sich heftig: „Ich meine gar nichts, ich weiß doch nicht, ob ein Kind es richtig sieht!" Sogleich spürte er aber, wie Jonathans Unmut über die feige Lüge aufflammte, und beeilte sich zuzugeben: „Ja, der Gedanke ist mir auch schon gekommen."

„So sprich es endlich klar und deutlich aus! Sag mir, wer du bist!" Der Lehrer schrie es beinahe.

„Ich glaube, ich bin ein Königssohn", sagte Lorenz, deutlich, aber leise und verhalten.

Jonathan war zufrieden, sah dem verstörten Schüler sein „Ich glaube" nach, obwohl er lieber eine überzeugte Aussage gehört hätte, und bestätigte: „Du bist ein Königssohn. Obwohl du dein Reich verlassen hast, ändert das nichts an deinem edlen Wesen. Dein Weg wird dich in dein Reich zurückführen, irgendwann."

Nochmals wagte der Wanderer zu zweifeln: „Meinst du wirklich?"

„Da siehst du den Grund, warum du dich nicht getraut hast, mich darauf anzusprechen", erklärte Jonathan, nun wieder lachend. „Du hast das Goldene, das Schöne und Wertvolle an dir schon lange entdeckt. Aber wegen deiner dummen falschen Bescheidenheit hast du es geheim gehalten. Wir sollen nicht nur zu unseren Fehlern stehen, sondern – ohne Stolz und Überheblichkeit – ebenso zu unseren Tugenden. Und der göttliche Kern, der in jedem von uns wohnt, macht uns von Natur aus wertvoll, ganz egal, wer wir sind und was wir leisten."

Der Wanderer wusste, dass dies zutraf, und er erinnerte sich auch, wie ähnlich Mechthild gesprochen hatte. Trotzdem hatte er lange daran gezweifelt, Wertvolles an sich zu haben, und sogar später, als er im Stillen bereits begonnen hatte, an etwas Glanz zu glauben, ließ er sich immer noch lieber für einen Landstreicher halten. „Ich bin nie darauf gekommen, was den Schlamm abfallen lässt. Manchmal war einfach wieder ein Stück weg, ohne dass ich mir einer guten Tat bewusst gewesen wäre, und ein anderes Mal, wenn ich meinte, eine getan zu haben, hat sich an meinen Kleidern nichts verändert", sinnierte Lorenz vor sich hin.

„Es ist nicht das ethische Verhalten, das uns vom Schlamm befreit", erklärte Jonathan. „Ethik und Moral sind vom Menschen bestimmt und entsprechen der jeweiligen Zeit und Kultur. Es ist noch nicht lange her, da war die Blutrache bei uns ein moralisch richtiges Verhalten, und in mancher Gesellschaft ist sie es bis heute."

„Aber jemandem helfen und Gutes tun, ist doch sicher immer und überall richtig", wandte Lorenz ein, „und trotzdem hat sich das bei meinen Kleidern nicht immer ausgewirkt."

„Nächstenliebe ist für einen erwachenden Menschen eine Selbstverständlichkeit, denn sie gehört zu seiner wahren Natur; sie beruht auf dem in seiner Seele verborgenen Wissen der Einheit allen Seins. Die Liebe zu allen Wesen ist die Folge, nicht die Voraussetzung unseres spirituellen Wegs. – Was deine goldenen Flecken ans Licht bringt, sind die Schritte, die dich zu deiner wahren Natur führen. Ängste ablegen, das Vertrauen in dich selbst, auf die innere Stimme hören – das lässt den Schlamm abblättern. Und etwas ganz Wichtiges: dich selbst lieb haben, dich annehmen, wie du bist, an deinen Wert glauben, die Göttlichkeit in dir erkennen."

Lorenz dachte eine Weile darüber nach, versuchte, sich die Ereignisse in Erinnerung zu rufen. Dann meinte er: „Einmal, als es mir sehr schlecht ging, ist ein ganz großes Stück abgefallen…"

„Ja, der Schmerz kann auch etwas bewirken", sagte Jonathan, „aber hüte dich davor, ihn deswegen zu suchen! Das ist nicht der Sinn des Lebenswegs. Es ist nämlich nicht der Schmerz an sich, der dich goldener macht, sondern wenn du in solchen Augenblicken bereit bist loszulassen, dich der höheren Macht bedingungslos zu ergeben, wenn du gleichmütig erträgst, was du nicht ändern kannst. Und gerade dann, wenn du meinst, nicht mehr weiterzukönnen, wenn du tief unten bist, wirkt die Gnade, trifft unerwartet ein, um dich zu ermutigen und dir zu zeigen, dass die Hilfe immer ganz nah ist."

Eben hatte ein Tragflügelboot angelegt. Eine junge Frau mit einem Baby auf dem Arm ging an Land, entdeckte Jonathan und eilte freudestrahlend auf ihn zu. „Ciao Nonno! Wie schön, dich zu sehen!"

Dann grüßte sie auch den Fremden und musterte ihn neugierig. Er bemerkte, wie ihre Augen zwischen den goldenen Flecken seiner Kleider hin- und herwanderten.

„Das sind meine Enkelin Grazia", stellte Jonathan vor, „und mein Urenkel Salvino. – Und das ist Lorenzo, der für eine Weile bei uns wohnt."

Grazia durchwühlte ihrem Großvater liebevoll das Haar und sagte lachend: „Ich sehe schon: wieder einer deiner seltsamen Gäste!"

Der Weise erklärte: „Er ist ein Freund deines Bruders."

Die Frau schüttelte bloß den Kopf und meinte: „Ja, Sirio war dir schon als kleiner Junge sehr ähnlich und hatte früh denselben Hang zum Übersinnlichen wie du!"

Da wurde Jonathans Miene sehr ernst und er wies sie liebevoll, aber bestimmt zurecht: „Die Sehnsucht, dem Göttlichen in sich selbst zu begegnen, hat nichts mit dem, was du abschätzig ‚übersinnlich' nennst, zu tun, sie liegt in der Seele eines jeden Menschen. Nur ist sie bei den einen schon wach und offenkundig, während sie bei den meisten noch tief verborgen schlummert."

Grazia sah ein, dass sie zu weit gegangen war, denn ihr Großvater duldete keine leichtfertigen Sprüche, wenn es um den Weg des Menschen zum Göttlichen ging. Sie versuchte, ihn zu besänftigen, indem sie sich an den Wanderer wandte und Interesse vortäuschend fragte, ob er denn auch diesen spirituellen Weg eingeschlagen habe und deshalb als Schüler bei ihrem Großvater weile.

Lorenz war die Missstimmung zwischen den beiden unangenehm, und er wusste nicht recht, was er antworten sollte. Er entschloss sich dann aber, die Wahrheit zu sagen: „Ich wusste nicht, wer ich bin und wo meine Heimat ist, deshalb hat Sirio mir geraten, hierherzukommen."

Grazia konnte es sich trotz allem nicht verkneifen, ironisch zu werden: „Und jetzt weißt du es, nehme ich an!"

Teils weil plötzlich die große Freude, endlich Gewissheit über seine Identität zu haben, wieder in ihm aufwallte, teils um Jonathan in Schutz zu nehmen, gab er selbstsicher zurück: „Ja, jetzt weiß ich es! Dein Großvater hat mir geholfen, es herauszufinden: Ich bin ein Königssohn."

„Das sind wir doch alle, nicht wahr, Nonno?" Sie legte versöhnlich ihre Hand auf seinen Arm. „Das hast du uns ja von klein auf gepredigt, wir seien lauter Königskinder und hätten lediglich vergessen, wo unser wahres Zuhause ist, unser Königreich. Deshalb hätten wir den inneren Weg zu gehen und dürften uns nicht in den Äußerlichkeiten des Lebens, dem trügerischen Schein, verlieren."

Der Heimatlose sah sie mit großen Augen an: So war das nur symbolisch gemeint und er war in dieser Welt gar kein Prinz? Aber das goldene Gewebe – das hatte er noch bei keinem anderen Menschen gesehen!

Anstatt ihn aus seiner Verunsicherung zu erlösen, wandte sich der alte Mann mit immer noch ungewohnt strengem Blick an Grazia: „Du hast recht, genau so ist es. Wir sind alles göttliche Wesen, aber der Schleier des Vergessens macht uns glauben, wir seien armselige Kreaturen, vom Göttlichen getrennt, heimatlos und verlassen. Doch das ist nur eine Illusion, wie ein Traum, und jeder wird irgendwann daraus erwachen und die Wirklichkeit erblicken. Die Menschen unterscheiden sich nur darin voneinander, dass die einen gerade beginnen, den Traum zu erkennen, und sich bemühen aufzuwachen, andere sich bereits in einem Halbschlaf befinden, einige wenige schon wach sind. Die meisten aber schlafen noch tief, und obwohl sie immer wieder von Albträumen gequält werden, hängen sie an diesem Zustand und wollen nichts daran ändern. Es sind lauter schlafende Könige, die träumen Bettler zu sein. – Doch dieser hier", er packte Lorenz liebevoll am Nacken, „ist tatsächlich ein Prinz und hat es nur vergessen, weil ihm ein Unglück zugestoßen ist, als er eines Abends seinen Palast verlassen hat. Jetzt wandert er durch diese Welt, durch Raum und Zeit, sucht seine Heimat, und führt uns unentwegt bildhaft vor Augen, was wir auch tun sollten: in der Welt der Seele unsere wahre Heimat suchen."

Für einen Augenblick fühlte sich Lorenz beruhigt, jedoch nur bis der nächste Gedanke ihm durch den Kopf schoss. „Dann bin ich ja zweifach heimatlos!", sagte er mit beinahe weinerlicher Stimme und wie ein schmollendes Kind, sodass Jonathan und Grazia herzhaft lachen mussten.

23

Den ganzen Tag verbrachte Lorenz jeweils mit Francesca, abgesehen von den morgendlichen Stunden, in denen er Jonathan auf seinen Spaziergängen begleitete und aus den Gesprächen mit ihm weiterhin wertvolles Wissen schöpfte. Er seinerseits berichtete ihm laufend von seiner Beziehung zu Francesca, von der ersten zaghaften Berührung, als ihre Hände sich beim nebeneinander Hergehen zufällig streiften, sich gegenseitig fassten, vom ersten Kuss. Der junge Mann sprach offen über seine Empfindungen und Gefühle, meistens in einer blumigen, poetischen Sprache; überhaupt hatte er sich verändert, seit er die Liebe erfahren durfte. Man spürte, dass er glücklich war.

Jonathan ließ ihn gewähren, freute sich, beobachtete ihn aber aufmerksam, bereit, ihn wachzurütteln, sollte der eben erst aus seinem Bettlertraum erwachende Königssohn wieder einzuschlummern drohen. Tatsächlich hatte er es nicht mehr sonderlich eilig, seine Heimat zu finden. Nun gefiel es ihm auf der Insel, sie hatte ein anderes Gesicht bekommen, seit er wusste, dass Francesca auf ihr lebte.

Obwohl sich in seinem Inneren viel bewegte, genoss er die Zeit der äußeren Ruhe, in der er nicht wandern, keine Unterkunft für die Nacht suchen musste und nicht in der ständigen Anspannung lebte, was ihm am nächsten Tag wohl alles widerfahren würde. Manchmal überkamen ihn zwar Zweifel, ob er die Gastfreundschaft der Fischersleute so selbstverständlich und stillschweigend auf lange, unbestimmte Zeit annehmen dürfe. Dann beschwichtigte er sein Gewissen jeweils wieder mit dem Gedanken, Serena und Jonathan hätten doch offenbar keine Geldsorgen, lebten sie auch nicht in verschwenderischem Überfluss; er sagte sich auch immer wieder, es sei schließlich für alle, außer für ihn selbst, von Anfang an klar gewesen, dass er nicht so schnell wieder abreisen würde.

Doch als Jonathan ihn eines Tages beim Mittagessen daran erinnerte, er weile nun schon ziemlich lange hier, krampfte sich der Magen des Wanderers zusammen, aus alter Gewohnheit, da man ihn früher immer wieder mit diesen oder ähnlichen Worten weggeschickt hatte. Dessen Rede zielte indes in eine andere Richtung: „Es ist Zeit, dass du dir eine sinnvolle Beschäftigung suchst. Regelmäßig arbeitest, meine ich."

Lorenz atmete erleichtert auf: „Das hatte ich mir auch einmal überlegt, aber es scheint unmöglich, auf der Insel eine Stelle zu finden."

Der alte Mann lächelte und Serena schüttelte den Kopf, als ob sie schon wüsste, was folgte: „Es gibt einige Bauern auf der Insel, die Hilfe nötig hätten und überaus dankbar dafür wären, aber sie können es sich nicht leisten, jemanden zu bezahlen, ihr Verdienst ist zu karg. Du aber musst ja für deinen Lebensunterhalt nicht aufkommen, sodass du unentgeltlich arbeiten kannst."

Ungläubig starrte Lorenz den Weisen an und entgegnete entrüstet: „Ich bin ein Königssohn und du willst einen Knecht aus mir machen?"

„Du bist ein Königssohn in deinem Reich. Doch solange du auf dieser Erde weilst, musst du das Dasein, das sie dir bietet, leben, mit beiden Füßen fest auf ihrem Boden." Hätte Jonathan nicht mit so ungewohnter Härte gesprochen, wäre Lorenz auf die Idee gekommen, er erlaube sich einen Scherz mit ihm.

Verunsichert fragte er: „Hast nicht du mich gelehrt, dass ich kein Bettler bin? Meinen Selbstwert erkennen soll?"

„Du bist auf deiner Reise Bauern und Handwerkern begegnet: Hattest du je den Eindruck, sie seien Bettler?" Ohne die Antwort abzuwarten, fuhr er fort: „Was macht den Bettler aus, was den König? Ist nicht der König der größte Diener seines Volkes?"

Lorenz erwiderte trotzig: „Ein König dient seinem Volk wohl nicht, wenn er auf dem Acker in Schweiß gebadet Gemüse anpflanzt, sondern indem er weise und umsichtig die Geschicke seines Landes lenkt."

Sanft und voller Verständnis wandte jetzt Serena ein: „Weißt du, Lorenz, es ist nicht so entscheidend, wer was tut; wichtig ist allein, dass man das macht, was gerade ansteht – und man es gut macht."

Mit derselben Milde ergänzte Jonathan: „Wenn du eines Tages deine Heimat wiedergefunden hast, wird es deine Aufgabe sein zu herrschen. Nun bist du aber noch hier, wo man keinen Bedarf an Königen hat, sondern andere Aufgaben warten: Oliven ernten, Netze flicken... Was du auch machst: Tue es mit Freude und so gut du kannst – aber ohne die Angst, etwas falsch zu machen. Die Tat liegt in deinen Händen, nicht aber das Ergebnis. Ein vermeintliches Scheitern, trotz aller Bemühungen, ist für den göttlichen Regisseur vielleicht genau die Szene, die er für sein Bühnenstück des Lebens inszeniert hat, ebenso wie es ein anderes Mal ein scheinbar unverdienter Erfolg ist. Weil wir Menschen das Drehbuch nicht kennen, sollten wir einfach handeln, wie unser Herz, unsere innere Stimme es uns befiehlt, und jedes Ergebnis gleichmütig annehmen."

So wurde Lorenz, der Königssohn, Landarbeiter, half auf den Höfen aus, wo gerade Not am Mann war, anfänglich mit leichtem Widerwillen. Doch nachdem Jonathan ihm erklärt hatte, er solle sich bei der Arbeit auf seine Seele konzentrieren und stets zu spüren versuchen, wie die Werke nicht durch seine Kraft, sondern durch einen höheren Willen vollbracht würden, fiel es ihm allmählich leichter. Nach einer guten Woche begann er, sogar Freude daran zu finden. Er spürte die Energie, die den Werkzeugen innewohnte, und nahm wahr, was sie von ihm erwarteten: Wie die Mistgabel den Miststock anzuschauen schien! Er fühlte die Liebe, die von Pflanzen und Tieren ausging, empfand eine Verbundenheit mit der Natur und deren Wesen, wie er sie auf seiner ganzen bisherigen Wanderschaft nie in dieser Innigkeit erlebt hatte.

Als Jonathan sah, dass sein Schüler sich nicht mehr bloß widersträubend in die ihm auferlegte Pflicht schickte, sie vielmehr mit innerer Zufriedenheit erfüllte, schränkte er dessen Arbeitsstunden ein, damit ihm genügend Zeit blieb, seine Beziehung mit Francesca zu vertiefen.

24

Je näher Weihnachten rückte, desto mehr spürte der Wanderer, dass ihm der Jahreswechsel eine Veränderung bringen würde, bringen musste, nein, vielmehr fühlte er, wie er selbst diese Veränderung herbeiführen wollte, und ihm war klar: Sie konnte nur darin bestehen, seinen äußeren Weg fortzusetzen. Er wusste jetzt, wer er war, aber noch nicht, wo seine Heimat lag, und manchmal überkam ihn eine unbestimmte Sehnsucht nach diesem fernen Land. Obwohl er bisher mit Francesca nicht darüber geredet hatte, war er zuversichtlich, dass sie ihm folgen würde, denn im Grunde genommen hielt sie nichts auf dieser Insel: Ihre Eltern waren vor vielen Jahren schon ausgewandert, die Großeltern, bei denen sie lebte, kämen auch ohne sie gut zurecht. So sprach er sie eines Nachmittags darauf an, noch bevor er Jonathan seinen Entschluss mitteilte. Sie umarmte ihn, lehnte ihren Kopf an seine Schulter und blieb lange so stehen, bis er merkte, wie sie leise weinte. Tränen hatte er nicht erwartet. Er drückte sie noch fester an sich, streichelte ihr zart übers Haar. Er verstand, dass es ihr nicht leicht fiel, die vertraute Gegend, in der sie aufgewachsen war, gegen ein Abenteuer einzutauschen, von dem sie nicht wusste, wohin es führen würde. Aber er war ganz sicher, sein Königreich zu finden, wo auch sie sich daheim fühlen könnte.

„Ich bin so glücklich", sagte sie mit einem tiefen Seufzer. „Ich hatte solche Angst, du wolltest fortgehen und mich nicht mitnehmen."

Er löste sich aus der Umarmung und schaute sie erstaunt an. Sie lächelte und in ihren dunklen Augen glühte ihre

Liebe für ihn. „Ich habe immer gewusst, du würdest irgendwann weiterziehen, und in den letzten Tagen habe ich deine Unruhe gespürt. Ich bin so glücklich, dass ich bei dir bleiben darf, du nicht ohne mich gehst!"

Lorenz begann laut zu lachen, hob sie hoch und drehte sich mit ihr im Kreis. „Du kommst mit! Du kommst mit!", rief er jauchzend. Da stimmte auch sie in seine überschwängliche Heiterkeit ein. Sie umarmten und küssten sich, abwechselnd weinend und lachend, und kosteten diesen Augenblick ganz aus.

Gegen Abend teilten sie Jonathan und Serena ihr Vorhaben mit. Die beiden alten Leute freuten sich aufrichtig darüber, dass die jungen Liebenden ihren Weg gemeinsam fortsetzen wollten.

„Habt ihr euch schon überlegt, in welche Richtung ihr aufbrecht?", fragte der Weise.

Lorenz runzelte die Stirn und schaute ihn Hilfe suchend an: „Ich dachte, jetzt würdest du mir sagen, wie ich in meine Heimat gelange…"

Mitfühlend antwortete der alte Mann: „Ich weiß wirklich nicht, wo deine Heimat ist. Ich habe dir doch schon gesagt, du müssest den Weg selbst suchen. Aber du hast auf deiner bisherigen Wanderung viel gelernt; bestimmt wirst du ihn finden und ohne große Umwege in dein Königreich zurückkehren."

„Das kann ich nie schaffen", entgegnete der Heimatlose, wieder von Verzagtheit überfallen. „Ich weiß überhaupt nicht, wo ich mit der Suche anfangen soll."

Jonathan strich ihm liebevoll übers Haar. „Lass den Kopf nicht hängen. Du hast schon einen weiten Weg zurückgelegt, und der war schwieriger, als was dir bevorsteht. Hat man einmal den festen Entschluss gefasst, nach Hause zu kommen, und eine Strecke hinter sich, kann man sein Ziel nicht mehr verfehlen. Wichtig ist nur, es nie aus den Augen zu verlieren. Du wirst staunen, auf welch wunderbare Weise du auf deiner Reise geführt wirst! Du musst nur wachsam bleiben, die Zeichen erkennen und vor allem immer auf deine innere Stimme hören. Auch wenn sie noch unvollkommen ist: Einen besseren Berater gibt es nicht."

Francesca, die aufmerksam zugehört, bisher jedoch geschwiegen hatte, meinte schüchtern: „Ich habe darüber nachgedacht. In jener Nacht, als du im Schlamm aufgewacht bist, hattest du keinerlei Erinnerungen an die Zeit davor. Ich glaube, du warst damals nicht weit von deinem Zuhause entfernt, denn bestimmt hätte man dich nicht so allein aus dem Palast gehen lassen, ohne Schutz. Es muss dir in unmittelbarer Nähe etwas zugestoßen sein. Es wäre wohl das Einfachste, denselben Weg, den du gekommen bist, zurückzugehen, bis an jene Stelle, und dort in der Umgebung zu suchen, auch die Leute zu befragen."

Lorenz' Miene hellte sich auf: „Du hast recht! Dass ich noch nicht darauf gekommen bin! Ja, das scheint mir eine gute Idee…" Er schaute dabei seinen Lehrer hoffnungsvoll und fragend an.

„Ja", sagte dieser, doch sein Kopfschütteln widersprach, „der Gedanke ist logisch. Der Ausgangspunkt deiner Wanderung ist zugleich das Ziel. Aber es gibt keinen Weg zurück, man geht immer nur vorwärts, so wie die Entwicklung nur in eine Richtung verläuft; Umwege mag es geben, Schlaufen, aber nie ein wirkliches Zurück. Du solltest Neues –"

Ein Klopfen an der Tür unterbrach das Gespräch: Sirio trat ein und fiel als Erstem seinem Großvater um den Hals, der sich sofort erhoben hatte und mit feuchten, glänzenden Augen seinen Enkel an sich drückte.

Dann umarmte der Neuankömmling auch alle anderen, Lorenz besonders herzlich. Er wunderte sich über die Anwesenheit von Francesca, die er von Kind an kannte, und als er erfuhr, was es damit auf sich hatte, nahm er sie gleich nochmals in die Arme und meinte scherzend: „Auf mich wolltest du wohl nicht mehr warten, dass du dem erstbesten dahergelaufenen Landstreicher folgst!"

An ein ernstes Gespräch über die Reisepläne von Lorenz und Francesca war nicht länger zu denken. Serena tischte zu essen auf, schenkte Wein ein, und der Abend klang in Heiterkeit und allseitiger Freude aus.

25

Die Feiertage verliefen nicht so besinnlich, wie Lorenz es erwartet hatte. Mit Sirio kehrte Bewegung in das Haus des Fischers ein: Er versprühte eine übermütige Lebensfreude, die sich in jugendlichem Tatendrang äußerte. Dennoch waren sich Großvater und Enkel sehr ähnlich, wie Grazia bemerkt hatte, und in diesem Gleichklang führten sie tiefe Gespräche. Lorenz staunte über das Wissen seines Freundes und beneidete ihn fast ein wenig darum, dass er von Kind auf in einer Umgebung solcher Weisheit hatte aufwachsen dürfen und deshalb heute schon so gefestigt und sicher im Leben stand, wohingegen er, Lorenz, alles auf einem mühseligen, oft schmerzhaften Weg lernen und am eigenen Leib erfahren musste. Könnte doch Sirio ihn auf seiner weiteren Wanderung begleiten! Das würde ihm vieles einfacher machen, er war ihm tatsächlich ein paar Schritte voraus, bewies eine bemerkenswerte Weitsicht und ein Verständnis der Dinge und Ereignisse, die von einer wahrhaft großen Seele zeugten.

Am Neujahrstag, als die Abreise immer näher rückte, fragte er ihn ganz direkt, ob er nicht mit ihm gehen wolle, wobei er, um seine Verlegenheit zu verbergen, scherzend hinzufügte: „Wenn ich dann König in meinem Reich bin, mache ich dich zum Minister!"

Sirio ging auf den Spaß nicht ein, blickte ernst drein. ‚Jonathans Augen!', durchfuhr es Lorenz; genau so schaute ihn der alte Mann jeweils an, wenn er ihn enttäuschen musste, weil er es sich nur wieder zu leicht machen wollte.

„Ich wäre wohl ein guter Unterhalter und Gesprächs-partner", sagte Sirio. „Aber dazu hast du ja Francesca, und sie wird dir eine treue, aufrichtige Gefährtin sein. Ich könnte dir nichts abnehmen, glaub mir, selbst wenn ich es wollte. Auch wenn ich dir von Zeit zu Zeit ein Hindernis aus dem Weg räumte, würdest du ihm irgendwann in deinem Leben wieder begegnen. Denn was dir bestimmt ist zu lösen, dem entgehst du nicht. Doch die Zeit bei meinem Großvater hat dich wachsen lassen und du trägst einen wertvollen Schatz an Wissen und Erfahrung in dir, den du nutzen kannst. Hör endlich auf, dich für gering zu halten! Du hast inzwischen viel gelernt: Fehlt dir immer noch das Vertrauen, dass du auf deinem Weg von einer höheren Macht geführt wirst und dir nichts geschehen kann, was am Ende nicht gut für dich ist und deiner Entwicklung dient? – Eine Frau an deiner Seite", jetzt lachte er, „ist mehr wert als ein Mann, denn sie bringt das ein, was dir fehlt: ein feines Spüren, die weibliche Intuition, die sanft lenkt, eine liebevolle Stütze, die Verbundenheit mit der Erde. Gepaart mit deinem Mut, deiner Kraft und Männlichkeit – zusammen besitzt ihr alles, was ihr braucht, und habt die große Chance, voneinander zu lernen."

Lorenz hatte schweigend zugehört, wohl wissend, dass sein Freund Recht hatte; besonders bei dessen letzten Worten spürte er eine tiefe Dankbarkeit für die Gefährtin, die ihm auf seinen Weg mitgegeben wurde. Er war gewillt, sich ganz darauf einzulassen, auf die Frau, die er liebte, und auf den gemeinsamen Weg, der ihnen bevorstand.

Am Tag der Abreise, als auch Sirio nach Hause zurückkehrte, wurde Lorenz von Gefühlen übermannt. Im Schmerz, seinen Lehrer zu verlassen, spürte er, wie sehr er ihn liebte. Angst vor dem Unbekannten mischte sich in die hoffnungsvolle Erregung, die Suche nach seiner wahren Heimat wieder aufzunehmen. Die Geborgenheit, die Francesca ihm vermittelte, weckte auch eine zehrende Sehnsucht nach seinem Königreich und zugleich wieder ein Bedauern, das ruhige, friedliche Dasein auf der Insel aufzugeben.

Gemeinsam mit Francesca hatte er beschlossen, seine Wanderung zu Fuß fortzusetzen und nur einzelne Strecken mit dem Zug oder Bus zurückzulegen. Sie wussten ja nicht wirklich, wohin gehen, und nur wenn sie langsam vorankamen, die Landschaft erlebten und Menschen begegneten, würden Sehen, Hören, Düfte und Wahrnehmungen vielleicht Erinnerungen wecken, sodass sie nach und nach ihren Weg ertasten und die Richtung stets ändern konnten.

Lorenz hatte erwartet, Jonathan würde ihm beim Aufbruch noch eine Menge guter Ratschläge erteilen, bereits Gelehrtes und Ermahnungen nochmals wiederholen; nicht wenig erstaunt und fast ein bisschen enttäuscht, musste er erleben, wie sich der Weise von ihm nicht anders verabschiedete als von Sirio, als ob er beide demnächst wiedersähe.

Hingegen berührte es ihn, dass Serena ihn noch schnell beiseite nahm und ihm, wie einem Sohn, den man auf eine längere Reise schickt, eine große Geldsumme in die Hand drückte, ein dickes Bündel Banknoten, mit den Worten: „Euer Vorhaben ist schon schwierig genug, da sollt ihr wenigstens nicht Hunger leiden und euch nicht laufend sorgen, wo ihr die Nacht verbringt."

Etwas verlegen und beinahe verstohlen nahm er es an sich, während er zu Jonathan hinüberäugte, der gerade mit Francesca sprach, denn er wusste nicht, ob die alte Frau es vor ihrem Mann verheimlichte. Sie erriet seine Gedanken und erklärte: „Jonathan und ich haben es immer so gehalten, dass jeder macht, was er spürt, ohne es dem andern zu verschweigen, aber auch ohne um Erlaubnis zu fragen. Wir muten es dem andern zu, nicht alles vorher abzusprechen; wir glauben nämlich fest daran, dass, selbst wenn man sich sehr liebt, jeder sein eigenes Leben zu leben und seinen eigenen Weg zu gehen hat, mit seinen Entscheidungen und seinen Schwierigkeiten. – Mach dir keine Sorgen", fügte sie noch hinzu und lächelte dabei verschmitzt, „Jonathan hätte ebenso gehandelt, wüsste er nicht mit Sicherheit, dass ich es tue!"

Schwer fiel Lorenz auch der Abschied von Sirio, und er war froh, dass er sich noch einen Tag hinauszögerte, bis nach der Überfahrt aufs Festland. Er konnte es sich nicht recht erklären, aber er fühlte sich ihm stets so nahe, so wohl in seiner Gegenwart: „Das muss man empfinden", dachte er, „wenn man einen Zwillingsbruder hat, mit dem man von Geburt an aufwächst und alles teilt."

Als die letzten Autos über die Rampe in den riesigen, dunklen Bauch der Fähre fuhren, gingen auch Francesca, Lorenz und Sirio an Bord. Obwohl es ein trüber Wintertag war und ein kalter Wind blies, standen die drei auf dem höchsten Deck und winkten dem Fischerpaar, bis das Schiff das Hafenbecken verließ und abdrehte, um Kurs auf Neapel zu nehmen.

26

„Du hattest dir diesen Weg wohl einfacher vorgestellt", sagte Lorenz eines Abends voller Mitgefühl zu Francesca, während er ihr zuschaute, wie sie auf der Bettkante saß und vorsichtig ihre Schuhe und Strümpfe auszog, um die Blasen an ihren Füßen, die eben erst am Abheilen waren, nicht wieder aufzureißen. Das lange Gehen war sie nicht gewohnt.

Sie schüttelte lächelnd den Kopf: „Ich hatte mir überhaupt kein Bild davon gemacht, was auf mich zukommt. Ich bin einfach glücklich, bei dir zu sein."

„Morgen kannst du dich erholen, wenn wir auf dem Schiff sind", tröstete er sie voller Anteilnahme.

In Neapel angekommen, hatten sie die Küste verlassen und waren auf die Berge im Westen zu gewandert. Jetzt, nach fast zwei Wochen durch Täler und über Pässe, waren sie wieder zum Meer gelangt, auf der anderen Seite der italienischen Halbinsel. Sie übernachteten in einer kleinen Pension, einer der wenigen, die in diesem Sommerkurort während des Winters überhaupt geöffnet hatten. Am folgenden Tag wollten sie in die nahe gelegene Hafenstadt fahren, um sich einzuschiffen.

Lorenz war ungeduldig. Wo waren die Zeichen am Weg, die ihm die Richtung weisen sollten, wie Jonathan vorausgesagt hatte? Wo die Erinnerungsfetzen, mit deren Hilfe er seine Heimat schneller finden könnte? Wo die Unterstützung, die ihm gewiss sein sollte?

Hingegen war er froh und dankbar, dass die geliebte Freundin an seiner Seite ging und bereit war, sein Schicksal zu teilen. Das Wandern zu zweit war schön: zusammen die

Ruhe in der Natur erleben, mit jemandem die Eindrücke teilen, an Kreuzungen miteinander beraten und entscheiden und in der Nacht nicht allein im Dunkeln nur darauf warten, dass der neue Tag anbricht.

Manchmal ergriff er unterwegs ihre Hand und dachte, es sei tatsächlich ein Geschenk des Himmels, jemanden zu lieben und wiedergeliebt zu werden, sich einem Menschen so nahe zu fühlen, dass die Trennung zwischen Ich und Du wie aufgehoben ist. Zwei- oder dreimal war ihm dabei auch eingefallen, wozu Jonathan ihn mehrmals ermahnt hatte, nämlich sich im andern nicht zu verlieren, sich stets bewusst zu sein, wie jeder seinen eigenen Weg zu gehen habe, auch ganz allein gehen müsse, das Beisammensein und die Vertrautheit wohl zu leben, aber immer wieder zu sich selbst zurückzufinden, in sich selbst zu ruhen, sich nicht im geliebten Menschen aufzugeben und aufzulösen.

Nur mit dem Verstand hatte er damals die Worte seines Lehrers erfassen können, sein Herz hatte sie aber nicht begriffen und angenommen. Und jetzt, da er sie nicht immer wieder zu hören bekam, verblassten sie langsam. Beim Nachdenken meinte er sie so zu verstehen, wie es seinerzeit schon Julia erklärt hatte: Er dürfe keine Kompromisse machen, was seinen Weg anbelange, sich nicht durch die Liebe zu einer Frau davon abbringen lassen. Das tat er ja nicht! Und – er war sich ganz sicher – so weit würde er es nie mehr kommen lassen; zudem sei ja Francesca ihm gefolgt, und nicht umgekehrt, sodass sie sich bestimmt nie seinen Plänen widersetzen würde. Die Überzeugung, alles habe seine Richtigkeit, ließ Jonathans Ermahnungen nach und nach verstummen, bis sie ihm überhaupt nicht mehr in den Sinn kamen.

Im Übrigen ging er seinen Weg mit einer anderen Wachheit als vor der Zeit beim Weisen; die äußere und die innere Suche waren ihm gleich wichtig, sein Königreich im Himmel ersehnte er ebenso wie seine Heimat auf Erden.

Er beobachtete sich, seine Regungen und Reaktionen, versuchte seine Ängste wahrzunehmen und sich bewusst und willentlich darüber hinwegzusetzen. Er stellte fest, dass die Schwierigkeiten, mit denen er früher zu kämpfen gehabt hatte, überhaupt nicht mehr auftraten. Francesca, die eine eher stille Begleiterin war, doch, wenn sie dann sprach, ein lichterfülltes inneres Wissen kundtat, meinte einmal: „Wenn es der Sinn unseres Lebens ist, zu lernen und innerlich zu wachsen, dann ist es wohl überflüssig, dass immer wieder auf uns zukommt, womit wir bereits umgehen können. "

Auf seinen Einwand, ihm spielten aber auch die äußeren Umstände nicht mehr so arg mit wie etwa damals, als er sich den Knöchel verstaucht hatte, und der Weg komme ihm jetzt überhaupt leichter vor, erwiderte sie: „Ich glaube nicht, dass er einfacher geworden ist. Aber deine Betrachtungsweise hat sich geändert. Von Jonathan hast du gelernt, die Ereignisse gleichmütiger anzunehmen, und aufgehört, mit deinem Schicksal zu hadern. Du misst den Widerwärtigkeiten nicht mehr den gleichen Stellenwert zu wie früher, beschäftigst dich nicht mehr so sehr damit. Dadurch nimmst du ihnen ihre Kraft; früher hast du sie hingegen bekämpft und dadurch stark gemacht und ihnen Macht über dich verliehen. "

Immer wieder blätterten auch Schlammstückchen von Lorenz' Kleidern ab. Mittlerweile waren mehr goldene als braune Stellen an ihm, und kleine Veränderungen waren

kaum mehr auszumachen. Doch gab es auch Flecken,
an denen die dunkle Farbkruste hartnäckig haftete,
und Lorenz fragte sich manchmal, nicht ganz ohne Sorge,
was wohl geschehen müsste, um auch diese loszuwerden.

27

Das Rad der Zeit hatte sich unaufhaltsam gedreht, Lorenz und Francesca waren weit gereist, zu Fuß, mit Bus, Zug und Schiff, über Land und über Wasser. Nachdem sich des Wanderers anfängliche Ungeduld, sein Ziel sofort zu erkennen und zu erreichen, gelegt hatte, vermochte er auch die Reise selbst zu genießen und ihr immer wieder bereichernde Augenblicke abzugewinnen. Die Verbindung mit seiner Gefährtin war zu einer Symbiose geworden, in der keiner mehr ohne den andern sein konnte. Nicht nur dachten und fühlten sie im gleichen Moment oft dasselbe, jeder nahm auch die Empfindungen des andern so wahr, als wären es die eigenen, spürte des andern Freude und Schmerz; daraus erwuchs eine fortwährende Sorge um den Gefährten, die Gefährtin, die sich darin äußerte, den andern behüten zu wollen und alles, was ihm Leid hätte bereiten können, von ihm fernzuhalten. So nahmen sie einander die Möglichkeit, daran zu wachsen.

„Freiwillige Abhängigkeit" hätte Jonathan den Zustand wohl genannt. „Glückliche Abhängigkeit" hätte Lorenz verbessert, wäre er sich ihrer überhaupt bewusst gewesen – denn wer wollte sich nicht in dieser Weise geliebt und umsorgt fühlen? Wem wäre es unangenehm, wenn ihm die Last, noch bevor sie ihn drückte, abgenommen wurde? Und wer käme je auf den Gedanken, eine so gelebte Liebe könnte ein Hindernis auf dem Weg zum Ziel sein?

Seit der Heimatlose in der Gefährtin eine Heimat gefunden hatte, in der er ruhte und aus der er Kraft schöpfte, fehlte ihm manchmal der Antrieb, der ihn früher gedrängt hatte weiterzuziehen, und sie verbrachten oft mehrere

Tage an Orten, an denen sie sich wohlfühlten, einmal in einem Dorf am Ufer eines kleinen Sees, ein anderes Mal im Haus von Leuten, mit denen sie sich gut verstanden. Auch zur Erholung legten sie immer wieder Ruhetage ein. In ihrer Verschmelzung gefangen, blind für den Verlust ihrer Zweiheit, merkten sie nicht, wie sie in der Suche nach der Heimat nicht mehr wirklich vorankamen. Sie waren glücklich, ganz einfach glücklich, mit beiden Füßen auf der Erde und in diesem Leben.

Inzwischen waren die beiden Wanderer in eine kargere Gegend gelangt, in der die sengende Hochsommersonne alles verdorren ließ. Wegen der brütenden Hitze waren sie im schattenlosen Landstrich nicht mehr zu Fuß unterwegs, sondern fuhren mit dem Bus jeweils in die oft eine Tagesreise entfernte nächste Stadt und verweilten dann wieder. Meistens übernachteten sie bei Ortsansässigen, von denen sie eingeladen wurden, weil in diesen Ländern die Gastfreundschaft heilig war. Das junge Paar erkannte man nur noch an der Kleidung und der Sprache als fremd, denn ihre Haut war mittlerweile dunkel gebräunt und unterschied sich kaum mehr von derjenigen der Einheimischen.

28

Eines Morgens erwachte Lorenz missmutig und verstört. Er hatte einen bösen Traum gehabt, an den er sich allerdings nicht einmal mehr vage erinnerte; er wusste nur noch, dass er schrecklich und schmerzhaft, real und gegenwärtig gewesen war. Um ihn so schnell wie möglich loszuwerden, beugte er sich über Francesca, wollte sie wach küssen. Doch als seine Lippen ihre Wange berührten, erschrak er: Sie war glühend heiß. Er schnellte hoch und riss die Fensterläden, die das Zimmer in Halbdunkel hüllten, auf. Jetzt sah er auch ihren roten Kopf, die Feuchtigkeit auf ihrer Haut. Er rief sie beim Namen, schüttelte sie sanft, bis sie endlich die Augen aufschlug, in denen unheilvoll das Fieber glänzte. Als sie den Geliebten sah, wollte sie sich aufrichten, streckte ihm die Arme entgegen, ließ sich aber gleich wieder mit einem Seufzer aufs Kissen zurückfallen. „Mir ist schwindlig", sagte sie, „und kalt."

Er versuchte seinen Schrecken vor ihr zu verheimlichen. „Du hast Fieber. Tut dir etwas weh?"

Sie starrte durch ihn hindurch und versuchte, ihren Körper zu spüren, in ihn hineinzuhorchen. Nach einer Weile stellte sie schwach fest: „Mein Knie…"

Vorsichtig streifte er ihr langes Nachthemd hoch und zuckte zusammen: Da war eine nicht allzu große Schürfwunde, die sich weit herum entzündet hatte und eiterte. „Was ist das?", fragte er entsetzt.

Sie überlegte einen Augenblick: „Ich habe mich vor ein paar Tagen an einer Mauer gestoßen. Erinnerst du dich? Als wir in der schmalen Gasse dem wild gewordenen Esel ausweichen mussten."

„Das sieht übel aus. Warum hast du nichts gesagt?"

Jetzt richtete sie doch mühsam den Kopf auf, um es selbst anzuschauen. „Es war nicht schlimm", rechtfertigte sie sich, auf die Rötung starrend, die sich bis zum Oberschenkel ausbreitete, und versuchte ihrerseits ihre Besorgnis vor Lorenz zu verbergen. „Bestimmt hat Aziza etwas zum Desinfizieren. Bitte geh und frag sie." Sie versuchte ihrer Stimme einen festen Klang zu verleihen.

Wenig später kam er mit ihrer Gastgeberin zurück. Nach einem kurzen Augenschein sagte diese: „Sie muss ins Krankenhaus, sofort, damit ist nicht zu spaßen."

„Nein", wehrte Francesca ab, doch es war nur ein Hauch.

Aziza überhörte ihren Einwand und forderte den Wanderer auf, der Kranken beim Aufstehen zu helfen und sie hinunterzutragen, ihr Mann würde sie fahren.

Die Notaufnahme war überfüllt; nur weil sie Ausländerin war, brachte man Francesca nach nicht allzu langer Wartezeit in ein Krankenzimmer und hieß sie sich hinlegen, der Arzt würde sobald wie möglich vorbeischauen. Das dauerte hingegen Stunden, in denen Lorenz immer wieder nach der Pflegerin rief und sie inständig bat, den Arzt sofort zu holen, doch ohne Erfolg. Niemand hatte Zeit; auf dem Flur herrschte ein hektisches Treiben wie in einer Markthalle. Trotz des Lärms, der auch bei geschlossener Tür ins Zimmer drang, war Francesca eingeschlafen. Lorenz saß auf der Bettkante und ließ die Augen nicht von ihr, um die kleinste Veränderung ihres Zustands sofort wahrzunehmen, und hoffte von Minute zu Minute auf ein Anzeichen der Besserung.

Erst am frühen Nachmittag erschien dann ein Arzt. Er sah sich die Wunde an und erteilte der Krankenschwester, die ihn begleitete, Anweisungen. Lorenz gab er eine knappe Auskunft: „Es ist eine Infektion, wir geben ihr Antibiotika", während er schon das Zimmer verließ. An dem Tag zeigte er sich nicht mehr.

Der Wanderer war außer sich vor Wut über die arrogante Nachlässigkeit des Arztes, der die Patientin kaum angeschaut hatte, und vor Sorge um die Freundin, die auch während der Visite nicht aus ihrem unruhigen Schlaf erwacht war. Erst der Pflegerin, die kurz darauf zurückkam, Blut für Analysen entnahm, eine Infusion steckte und die Wunde versorgte, gelang es, ihn zu beruhigen. „Es ist wirklich nichts Ernstes, machen Sie sich keine Sorgen; in zwei Tagen ist sie wieder quicklebendig."

Er betrachtete sie misstrauisch, war nicht sicher, ob sie das nur sagte, um ihn zu beschwichtigen, oder ob es der Wahrheit entsprach; doch sie strahlte Vertrauen aus, wie sie Francesca sanft weckte und sie betreute, sodass auch er langsam seine Angst verlor.

Man erlaubte ihm, die Nacht im Krankenzimmer zu verbringen. Als es am Abend auf dem Flur endlich ruhiger wurde, Francesca, nachdem sie ein klein wenig gegessen hatte, bald wieder einschlief, spürte auch er schließlich seine Erschöpfung und döste auf dem Stuhl ein. Jedes Mal wenn er nachts erwachte, stand er auf und fühlte die Stirn der Geliebten; sie war immer noch brennend heiß, aber er redete sich ein, das Medikament brauche wohl seine Zeit, um zu wirken, und das Fieber würde bis in ein paar Stunden bestimmt sinken.

Doch am frühen Morgen bemerkte er den besorgten Blick der Krankenschwester beim Betrachten des Thermometers: Es zeigte immer noch über 40 Grad an wie am Tag zuvor. Da befiel ihn richtige Panik, es gelang ihm nicht, Francescas müdes Lächeln zu erwidern, er fasste bloß ihre Hand und sprach mit zitternder, beschwörender Stimme: „Du wirst wieder gesund, hab keine Angst, du wirst ganz bestimmt gesund."

Schon trat die Pflegerin erneut ins Zimmer, dicht gefolgt von einem Arzt; es war nicht der gleiche der ersten Visite. Er untersuchte die Patientin und verordnete dann ein anderes Antibiotikum. Freundlich erklärte er: „Nicht jedes Medikament wirkt gegen alle Bakterien. Bald bekommen wir aber die Laborresultate und können noch gezielter therapieren."

Wiederum saß Lorenz den ganzen Tag bei ihr am Bett. Nur zwischendurch, wenn er sicher war, dass sie fest schlief, verließ er kurz das Zimmer, um sich draußen die Beine zu vertreten; mehr als ein paar Schritte machte er dann doch nicht, er wollte vermeiden, dass sie aufwachte und ihn nicht an ihrer Seite fand.

Immer wieder hatte die Krankenschwester im Laufe des Tages die Temperatur gemessen, jedes Mal auf Lorenz' stumme Frage hin den Kopf geschüttelt. Am Abend war das Fieber sogar noch leicht höher.

Es war nochmals ein anderer Arzt, der zur Visite kam, und dieser äußerte sich weniger optimistisch: „Wir haben es hier offenbar mit resistenten Keimen zu tun. Wir versuchen es mit einem zusätzlichen Antibiotikum."

Die Hoffnung, die sich der Wanderer trotz der fehlenden Besserung bis dahin bewahrt hatte, brach zusammen. Wir versuchen – hatte der Arzt gesagt, er war sich also nicht sicher, ob das neue Medikament überhaupt half. Was, wenn nicht? Das Fieber durfte nicht weiter ansteigen… Er sah bildhaft, wie Francesca von innen her verbrannte, und war der Verzweiflung nahe.

Er stand am Fenster, den Rücken ihr zugewandt, als sie ihn rief. ‚Nur nichts anmerken lassen‘, dachte er, bevor er sich umdrehte, ‚ihre Hoffnung nicht zerstören!‘

Mit großer Anstrengung verbarg er seine Emotionen, als er sich zu ihr hinneigte, um sie besser zu verstehen, denn sie sprach nur ganz leise. „Ich habe Durst.“

Sofort hielt er ihr das Glas an die Lippen und half ihr beim Trinken. „Was hat der Arzt gesagt?“, fragte sie dann.

Er zögerte, nur den Bruchteil einer Sekunde. „Du hast ein besseres Medikament bekommen, das stärker wirkt. Schlaf jetzt; morgen früh, wenn du aufwachst, bist du schon wieder fast gesund.“

Sie war zu ausgezehrt zum Sprechen und schloss die Augen. Er aber schlief in dieser Nacht keine Sekunde, wachte an ihrem Bett, kühlte immer wieder ihre glühende Stirn, horchte besorgt auf ihren schnellen Atem und fühlte von Zeit zu Zeit ihren rasenden Puls.

Mehrmals schaute auch die Nachtschwester nach ihr, und kaum wurde es hell, kam der Arzt, derjenige, der freundlich und zuversichtlich gewesen war. Er sah sich die Karte mit den Fieberwerten und verabreichten Medikamenten an und winkte dann Lorenz, ihm auf den Flur hinaus zu folgen.

„Wir geben ihr jetzt noch ein drittes Antibiotikum, dazu ein fiebersenkendes Medikament. Und wir bringen sie auf die Intensivstation – ihr Zustand ist kritisch.“

Lorenz lief ein kalter Schauer den Rücken hinunter, er schluckte, war außerstande etwas zu sagen. „Bitte", flehte er dann den Arzt an, „Sie müssen ihr helfen, Sie dürfen sie nicht sterben lassen." Wie er das Wort sterben aussprach, meinte er plötzlich, sich in einem Albtraum zu befinden, und wollte nur noch aufwachen, wusste aber sofort wieder, dass es die wache Wirklichkeit war. Einen Moment lang wurde ihm schwarz vor Augen und er hörte den Arzt nur noch weit entfernt: „Wir tun alles, was in unserer Macht steht." Weil Lorenz nicht reagierte, fügte er hinzu: „Gehen Sie wieder zu ihr, vielleicht nützt Ihre Liebe mehr als Medikamente…"

Willenlos gehorchte der Wanderer, taumelte wie betrunken, blind vor Schmerz ins Zimmer zurück. Francesca hatte die Augen geöffnet, ihr glasiger Blick starrte ins Leere und sie lallte wirre Sätze vor sich hin, während sie mit ihrer Atemnot kämpfte.

Er fasste ihre Hand und sprach beschwörend auf sie ein: „Sei ganz ruhig, du wirst wieder gesund, du musst nur fest daran glauben. Du wirst gesund!" Er war erstaunt, wie viel Überzeugung er in diese Worte legte, an die er selbst kaum glaubte.

„Ich liebe dich", murmelte sie plötzlich mit solcher Zärtlichkeit, dass er seine Beherrschung völlig verlor und zu schluchzen begann.

Wacher und klarer schaute sie ihn fragend an. Er fasste sich sofort wieder, erzwang sogar ein Lächeln. Er konnte ihr nicht sagen, wie ernst es um sie stand, er meinte, das würde ihren Lebenswillen brechen, und den brauchte sie jetzt, all ihre Hoffnung und ihre ganze Kraft. „Du musst keine Angst haben, du wirst nicht sterben", flüsterte er.

Noch einmal hatte er es ausgesprochen, dieses Wort, das er eigentlich verdrängen, nicht hören wollte, und wieder versetzte es ihn in ein inneres Taumeln, als ob ein mächtiger Sog ihn in einen Abgrund risse. Er spürte sich selbst nicht mehr. Francesca schloss die Augen und schwieg. Schon kamen auch zwei Pfleger und brachten sie weg. Lorenz wollte ihnen folgen, aber sie überredeten ihn, vorerst im Zimmer zu warten. Etwas später holte ihn eine Krankenschwester dann ab und brachte ihn zu Francesca: Sie lag in einem Narkoseschlaf und künstlich beatmet auf der Intensivstation. Er erschrak, als er all die Schläuche und Apparate sah, an denen ihr Leben hing, und schaute für einen kurzen Augenblick zur Seite. Dann setzte er sich aber auf einen Stuhl, den man neben ihrem Bett für ihn bereitgestellt hatte, wandte die Augen nicht mehr von der sterbenden Gefährtin und begann zu beten.

Sooft er Francesca die Hand auf die Stirn legte, schwebte er zwischen Hoffnung und Mutlosigkeit, meinte einmal, geringere Hitze zu fühlen, ein andermal schien ihm, als verglühe sie. Nur selten schaute er auf den Bildschirm über dem Bett, die wandernden Kurven beunruhigten ihn, er hatte grauenhafte Angst, sie stillstehen zu sehen.

Die Zeit verstrich unheimlich langsam. Dann ertönte plötzlich ein hoher, durchdringender Pfeifton, und in die bedrohliche Ruhe, die bis anhin geherrscht hatte, kam Hektik, Ärzte und Krankenschwestern machten sich um Francesca herum zu schaffen. Aufgeschreckt war Lorenz aufgestanden und hatte am Bett Platz gemacht, blieb etwas abseits und konnte nicht mehr sehen, was mit der Geliebten geschah, starrte fortan über die Köpfe hinweg auf den Bildschirm.

Langsam traten alle vom Krankenbett zurück, Schwester Devi kam auf ihn zu und legte ihm mit sanftem Druck die Hand auf die Schulter, ließ sie lange dort ruhen.

Er fühlte keinen Schmerz, keine Traurigkeit, keine Verzweiflung. Es war nur Leere, als ob eine innere Vernichtung ihn all seiner Regungen beraubt hätte. ‚Der Schutzmechanismus der Beute, das Ausschalten des Gehirns, damit sie nicht leidet, wenn das Raubtier zuschlägt', ging ihm durch den Kopf, und er fragte sich zugleich, was dieser Gedanke sollte, woher er das überhaupt wüsste und wie er gerade jetzt darauf käme, und schämte sich, so kühl und nüchtern denken zu können. Mit dieser Empfindung kehrten seine Gefühle zurück und er begann lautlos zu weinen.

Er setzte sich wieder neben das Bett. Dass der Arzt noch etwas sagte über eine Zeit zum Abschiednehmen, nahm er nur wie im Hintergrund wahr: Die Zeit gab es für ihn nicht mehr, die Zukunft war zerstört, ausgelöscht.

Plötzlich bemerkte er Devi neben sich, er hatte sie nicht herantreten hören. „Wir müssen sie jetzt fortbringen", sagte sie ganz leise. „Und du? Wohin gehst du jetzt?"

Er gab keine Antwort, er wusste auch keine – er war mit Francesca gestorben. „Wenn du nicht weißt wohin, kannst du mit zu mir kommen", schlug Devi vor, „mein Dienst ist gleich zu Ende." Er reagierte nicht; es gab keinen Platz mehr für ihn auf der Welt. Er widersetzte sich indes nicht, als sie ihn beim Arm nahm und mit sich hinausführte.

Devis Zuhause bestand aus einem schlichten Zimmer im Schwesternheim. Er ließ sich von ihr die Schuhe ausziehen und zum Bett führen und legte sich hin. Draußen war es noch hell, die Sonne war eben erst untergegangen, doch in ihm war finsterste Nacht ohne ein Licht der Hoffnung, ohne ein Flackern des Glaubens, nur dichte, greifbare Dunkelheit. Devi sprach nicht, aber sie war da, ganz gegenwärtig, ganz bei ihm. Er fing an, ihre Anwesenheit zu spüren wie einen Fremdkörper, der seine Einkapselung berührte und einen leichten Druck auf sie ausübte; als diese Hülle ein wenig nachgab, wich die Betäubung und er begann, sich selbst wieder zu spüren. Ein gewaltiges Weh war in ihm, wie er es noch nie erlebt hatte, nicht vergleichbar mit Verletzungen aus Tadel, Spott und Zurückweisung, nicht ähnlich dem Schmerz der Mutlosigkeit, Angst und Enttäuschung. Es war kein quälendes Leid, nichts Verzehrendes, Bedrückendes, weder dumpf noch stechend – beinahe erstaunt nahm er diese neue Empfindung wahr.

‚Ein reiner Schmerz', dachte er, ‚wie ohne Ursache, als ob unabhängig von mir, ja, rein ist das treffende Wort. Ein intensiver Schmerz und doch nicht so unangenehm wie all die kleinen Leiden, denen ich bislang ausgesetzt war.' Dass er sich selbst so klar analysierte, als stünde er neben sich und beobachtete sich unbeteiligt, verwunderte ihn nicht, irgendwie war ihm diese Zweiteilung nicht fremd. Doch im nächsten Augenblick war er wieder ganz Schmerz und schluchzte hemmungslos, so lange, bis seine Tränen versiegten und die Erschöpfung der durchwachten Nächte ihn in den Schlaf geleitete.

29

„Warum? Warum musste sie sterben?" Lorenz saß Devi gegenüber am winzigen Tisch bei der Kochnische ihres Zimmers. Sie hatte frisches Obst vor ihn hingestellt, farbenprächtige exotische Früchte, die er jedoch kaum wahrnahm, obwohl sie ihn einladend anlachten und einen süßen Duft verströmten.

Devi antwortete nicht gleich. Als er schon dachte, sie wolle dazu nichts sagen oder hätte seine Äußerung als rhetorisch aufgefasst, meinte sie, die Frage sei in dieser Form wohl nicht richtig gestellt. „Du möchtest doch bestimmt wissen, warum dir geschehen ist, deine geliebte Gefährtin zu verlieren", fügte sie hinzu, als sie seinen ratlosen Blick bemerkte.

Er begriff nicht, was an ihrer Ausdrucksweise denn anders war.

„Wir können nicht herausfinden, warum sie dieses Leben verlassen hat – verlassen musste – verlassen wollte… Es hat mit ihrem Karma zu tun, es betrifft dich nicht. Doch was es für dich bedeutet, warum du plötzlich allein dastehst, ein geliebter Mensch von dir gegangen ist – darüber lohnt es sich schon nachzudenken und vor allem auch darüber, was du aus dieser Erfahrung für die Zukunft lernen sollst."

Lorenz dachte, das klinge ganz nach Jonathan, und hörte aufmerksamer hin. „Was ist Karma?", fragte er.

„In der Religion meiner Heimat glauben wir an ein kosmisches Gesetz von Ursache und Wirkung, das sich nicht nur auf das jetzige Dasein bezieht, sondern sich über viele Leben, viele Wiedergeburten erstreckt."

„Ja", stimmte Lorenz jetzt zu, „davon habe ich schon einmal gehört: Wenn ich in einem Leben etwas Böses tue, bekomme ich irgendwann meine Strafe, und sei es erst nach Jahrhunderten…"

Devi lächelte. „So spricht man im Volk davon. Ganz so einfach ist es in Wahrheit nicht. Erstens ist es nie Strafe, sondern eine logische Folge: Wenn du einen Stein gegen eine Fensterscheibe schleuderst, geht sie zu Bruch – das ist eine unabänderliche Konsequenz. Das Karma ist allerdings nicht ganz so unverrückbar, es wirkt nach seiner Gesetzmäßigkeit, solange die Wesen in der Welt ein unbewusstes Leben führen, ein Dasein in der Illusion…"

„Illusion?", unterbrach der Wanderer. „Ein weiser Freund hat mir einmal erklärt, es sei eine Illusion zu glauben, wir seien armselige Kreaturen, vom Göttlichen getrennt, vielmehr seien wir ein Teil der Allheit; und in dem Augenblick, in dem es uns gelänge, dies gänzlich wahrzunehmen, seien wir wieder mit ihr vereint. – Meinst du das?"

Sie nickte: „Ja. Bei uns erklärt man es etwas anders, aber im Grunde genommen ist es genau das. Wenn wir anfangen, unseren Weg zum Göttlichen aus freiem Willen und bewusst zu gehen, dann beginnt eine andere Kraft mitzuwirken. Die Gesetze des Karmas sind dadurch nicht aufgehoben, aber sie sind nicht mehr so starr, sie werden durch diese andere Kraft – die göttliche Gnade – teilweise verwandelt. Du hast zwar einen Stein gegen eine Scheibe geschleudert, doch ein starker, plötzlicher Windstoß verändert seine Flugbahn gerade um so viel, dass er neben dem Fenster in die Mauer einschlägt und da nur einen unbedeutenden Kratzer hinterlässt."

Während sie ihm weiter erklärte, alle Ereignisse dienten nur dazu, uns auf dem Weg zu führen, zu geleiten und uns zu Erkenntnis zu verhelfen, spürte Lorenz, wie die große Traurigkeit in seinem Herzen nicht mehr alles ausfüllte, sondern sich setzte und zum fruchtbaren Boden wurde für einen Keimling, der zu wachsen begann. Winzig war er noch, aber voller Lebenskraft.

Er beschrieb Devi dieses Bild, das ungerufen in ihm aufgetaucht war. Ihre Augen leuchteten: „Ich freue mich für dich, dass ein Lichtstrahl in dein Dunkel eingedrungen ist und eine zarte, junge Pflanze zum Sprießen bringt! Es ist die Blume des Vertrauens, der Hingabe an die göttliche Führung, die dir hilft, auch das Schwerste anzunehmen, das dir begegnet, und einen Sinn darin zu sehen."

Da war aber auch noch der Schmerz, der ihm erneut Tränen in die Augen trieb, kaum wurde die Erinnerung an Francesca wach. „Warum?", fragte er schluchzend. „Ich begreife immer noch nicht, warum sie sterben musste…" Er verbesserte: „Warum mein Schicksal…", und unterbrach sich gequält.

„Ich weiß es nicht. Vielleicht war euer gemeinsamer Weg einfach zu Ende und etwas anderes erwartet dich – doch bei eurer großen Liebe hättet ihr euch freiwillig nie getrennt. Vielleicht musstest du sie verlieren, weil du dich in ihr verloren hattest? Und deinen Weg nicht mehr klar sahst? Vielleicht weil du morgen einer anderen Frau begegnen und weitere Erkenntnisse an ihrer Seite sammeln sollst, die du mit Francesca nicht gefunden hättest. Vielleicht aber auch nur um zu lernen, sogar solch schweres Schicksal anzunehmen und zu ertragen, selbst wenn du nicht verstehst, welchen Sinn es hat. Mag sein, dass du den

Grund für diese Ereignisse nie erfährst; dennoch solltest du das Vertrauen haben, dass alles richtig ist, es trotz des großen Schmerzes, den du empfindest, das Beste für dein inneres Wachstum ist, für deinen Weg zum Göttlichen."

„Glaubst du das wirklich? Oder sagst du es nur, um mich zu trösten?"

„Ich glaube es. Ich weiß es." Dann brach sie in ein befreiendes Lachen aus, das augenblicklich die ganze Atmosphäre in Heiterkeit verwandelte: „Aber du solltest mich einmal hören, wenn ich mit Krishna hadere, weil ich mit dem, was er mit mir anstellt, nicht einverstanden bin!"

Er musste auch lachen, ihre Fröhlichkeit war so anstekkend und wohltuend. „Kommst du aus Indien?"

„Ja, meine Familie ist ausgewandert, als ich noch ein Kind war. Ihre Kultur, ihren Glauben haben sie mir allerdings immer vermittelt. Mein Vater ist ein frommer Mann und meine Mutter ist die Liebe selbst. – Aber jetzt erzähl mir von dir! Woher stammst du? Deine Züge sind mir irgendwie vertraut und doch sehe ich, dass du nicht aus dieser Gegend bist."

Zum ersten Mal seit Tagen fühlte sich der Heimatlose wieder unbeschwert, ja beinahe leicht. „Vor langer Zeit bin ich im Morast aufgewacht und wusste nicht, wer ich bin. Doch jetzt – siehst du das viele Gold an meinen Kleidern?" Er schaute an sich hinunter. Ein freudiger Schauer ergriff ihn. Einer der größten und hartnäckigsten Flecken, in der Nähe seines Herzens, war abgefallen und enthüllte eine mit feinem Seidenfaden gestickte Blume, innen weiß, außen mit türkis und lila schimmernden Blütenblättern.

Devi nickte: „Ich habe mich schon gefragt, was deine seltsame Kleidung zu bedeuten hat…"

„Der Schlamm blättert förmlich von mir ab und irgendwann habe ich dann erkannt –", er zögerte einen Augenblick und verbesserte sich, „irgendwann hat mir dieser
weise Freund zur Erkenntnis verholfen, ich sei ein Königssohn. Wir waren unterwegs" – ein Anflug von Kummer
beim Gedanken, dass die gemeinsame Reise so jäh beendet
worden war, huschte über sein Antlitz –, „um meine
Heimat zu finden. Irgendwo leben bestimmt meine Eltern
und machen sich Sorgen um mich."

„Eine faszinierende Geschichte", fand Devi, „und sie
erinnert mich an eine, die ich als kleines Mädchen von
unserer alten Kinderfrau gehört habe. Es war einmal ein
Königspaar, es hatte einen einzigen Sohn und behütete ihn
wie den eigenen Augapfel. Er lebte umsorgt und beschützt
in einem prunkvollen Palast, wo es ihm an nichts fehlte,
und er durfte ihn nie allein verlassen. Selbst als er zum
Jüngling herangewachsen war, wurde er stets von Dienern
begleitet. An seinem achtzehnten Geburtstag fand ein großes Fest im Königspalast statt, mit Hunderten von Gästen.
Man aß und trank und veranstaltete Spiele zur Unterhaltung, auch ein Versteckspiel. Doch mit einem Mal war der
junge Prinz verschwunden; niemand konnte es sich erklären, man suchte überall nach ihm, in den verborgensten
Winkeln, alle Gäste und alle Diener wurden befragt – aber
niemand hatte ihn mehr gesehen. Der König ließ auch in
der ganzen Stadt nach ihm forschen, doch er schien wie
vom Erdboden verschluckt."

„Und dann?", fragte Lorenz ungeduldig, als Devi mit
nachdenklicher Miene innehielt.

„Ich versuche gerade, mich daran zu erinnern, wie die
Geschichte weitergeht. Aber ich glaube, sie war zu Ende,

an dieser Stelle hörte unsere Kinderfrau immer mit dem Erzählen auf."

„Und du hast sie nie nach der Fortsetzung gefragt?", entgegnete Lorenz ungläubig.

„Ich weiß es nicht", lachte Devi, „ich war doch noch ganz klein! Aber jetzt, wie du es sagst, scheint es mir auch merkwürdig... Jedenfalls hat sie bestimmt nicht erzählt, der Prinz sei zurückgekommen, daran könnte ich mich erinnern. Und wenn sie nicht gestorben sind, so warten seine Eltern bis heute auf ihn und grämen sich immer noch über den Verlust des Thronfolgers."

‚Ammenmärchen!', dachte der Heimatlose verdrossen, doch er musste sich eingestehen, dass die Geschichte ihn gepackt hatte und nicht mehr losließ. „Wo ist denn dieses Königreich? Weißt du das wenigstens noch?"

„Nein, aber unsere Kinderfrau war nicht von hier, sie kam aus einem Land weiter südlich, jenseits der Wüste. Bestimmt stammt die Geschichte aus ihrer Heimat."

Die dürftigen Auskünfte befriedigten Lorenz keineswegs, aber er sah ein, dass er sich damit abfinden musste. ‚Und überhaupt', sagte er sich, ‚was kümmern mich diese Legenden! Die haben bestimmt nichts mit mir zu tun...'

30

Lorenz wollte die Wüste kennenlernen. Bei Sonnenaufgang verließ er zu Fuß die Stadt in südlicher Richtung. Devi hatte ihm versichert, er würde nach einem Halbtagesmarsch eine kleine Oase erreichen, von wo er seine Reise mit dem Bus fortsetzen könne. Dass er das nicht beabsichtigte, verriet er ihr nicht, sie hätte sich nur unnötig Sorgen um ihn gemacht.

Die völlige Stille verblüffte ihn: Bewegte er sich nicht, so war absolut kein Geräusch mehr zu hören, weder das Zwitschern eines Vogels noch das Summen einer Biene, nicht einmal ein leises Säuseln, denn an jenem Tag war es fast windstill. Er wurde sich bewusst, wie allein er war. Das erschreckte ihn jedoch nicht, auch schmerzte es ihn nicht, vielmehr empfand er, wie er sich von der Vergangenheit löste und nicht länger im Dasein gefangen war.

Je weiter er die Stadt hinter sich ließ und auf der schnurgeraden befestigten Piste in der Öde voranschritt, desto weniger fühlte er sich Teil der Landschaft, Teil der Welt. Wie die Stille, so wurde auch die Einsamkeit absolut.

Nach Francescas Tod hatte er für einen Moment die Orientierung und das Ziel verloren. Nichts schien mehr einen Sinn zu haben; nicht nur ein Teil von ihm war mit ihr gestorben, sondern auch die Sehnsucht nach seiner unbekannten Heimat schien durch den Schmerz und die Trauer begraben zu sein – bis Devi ihm die alte Geschichte aus ihrer Kindheit erzählte. Er wurde den Gedanken nicht mehr los, er sei dieser Prinz. Devi hatte zwar darüber gelacht: Ihre Kinderfrau sei doch damals schon uralt gewesen, die Geschichte vermutlich noch viel älter. Das vermochte ihn jedoch nicht zu überzeugen, und er entdeckte in Francescas Tod wenigstens einen Sinn. Dadurch hatte er Devi kennengelernt und von ihr den wichtigen Hinweis über seine Herkunft erhalten.

Der Plan, in dieses Königreich südlich der Wüste zu reisen, nahm in ihm eine konkrete Form an. Zudem spürte er auch, wie mit dem Tod der geliebten Gefährtin ein Abschnitt seines Lebens zu Ende gegangen war, und er wunderte sich selbst darüber, wie schnell die Traurigkeit und die Verzweiflung von ihm abfielen. Nur jener reine Schmerz tauchte gelegentlich noch auf, aber er wollte ihn auch gar nicht loswerden. Vielmehr hegte er diese junge Pflanze, die er vor Tagen so bildhaft in sich wahrgenommen hatte; inzwischen war eine zarte Knospe gesprossen. Wie der Regen das in der Wüste verborgene Samenkorn zum Leben erweckt, so ließen seine Tränen diese Knospe gedeihen – sparsam begoss er sie, damit sie nicht ertrank. Er behielt sie bei sich, denn er wollte die seltene Blume sehen, die irgendwann ihre Blütenblätter entfalten würde.

Er war schon einige Stunden unterwegs. Die Monotonie der Umgebung hatte seine Gedanken zum Verstummen gebracht. Von Zeit zu Zeit drang noch einer wie von außen ein, doch es war eine andere Art von Denken, eher ein Sehen, ein Erfassen eines plastischen Bildes, das nicht erzeugt, sondern wie seit jeher vorhanden war.

Die Oase erreichte er, als die Sonne schon hoch stand und die Hitze unerträglich wurde, obschon er um seinen Kopf einen Turban gewickelt hatte, wie ihn die Einheimischen trugen. Er deckte sich mit neuem Proviant und ausreichend Wasser ein, legte sich dann in den Schatten von Palmen und verharrte dort mit geschlossenen Augen,

weder wachend noch schlafend, in einem seltsam entrück-
ten Zustand, bis nach Sonnenuntergang.

Sobald es ganz dunkel war, machte er sich wieder auf
den Weg, um weiterhin der Piste nach Süden zu folgen.
Kaum trat er aus dem Palmenwäldchen heraus, überwäl-
tigte ihn der Anblick des Himmelsgewölbes, das sich von
Horizont zu Horizont um ihn ausbreitete. Die Sterne
reichten bis zum Boden, umringten ihn ganz, er befand
sich unter einer schwarzen Kuppel mit Milliarden von
Lichtpunkten, winzigen und helleren, rot flackernden und
bläulich gleißenden, und verheißungsvoll schimmerte das
lichte Band der Milchstraße. Er empfand Ehrfurcht,
Demut, zugleich ein Gefühl der Erhabenheit im Bewusstsein, selbst auch ein Teil dieser Unendlichkeit zu sein.

31

Furchtlos ging er nun seinen Weg, der Allheit ergeben und von ihr getragen, sein Wille im Einklang mit dem Universum, nicht länger sein irdisches Königreich suchend. Die Zeit mit all den Jahrhunderten, in denen er unterwegs gewesen war, hatten keine Bedeutung mehr. Er fühlte die Unendlichkeit, wie Vergangenheit und Zukunft in einem ewigen Sein verschmolzen und die verschiedenen Orte sich in einem allumfassenden Raum verdichteten; hier waren Quelle und Mündung des Flusses eins, die ganze Wanderung der Traum eines Augenblicks, der Teich seines Erwachens die ersehnte Heimat.

Weiter und weiter schritt er in der Wüste, Sekunden, Tage oder Jahrtausende. Als er aus der Nacht in den neuen Morgen trat, stand er vor einem goldenen Palast.

Das mächtige Tor öffnete sich und heraus trat eine lichte Gestalt, aufrecht und erhaben, breitete die Arme aus – in ihr erkannte er sich selbst.

Karin Jundt
Jonathan von der Insel
Taschenbuch, 160 Seiten, ISBN 978-3-907091-09-8

Der Fischer Jonathan macht einen außergewöhnlichen Fang: einen bunten, sprechenden Fisch, der Wünsche erfüllt – allerdings anders, als man es erwartet. Beim jungen Mann löst er den Prozess der bewussten inneren Entwicklung aus. Auch Jonathans Freundin Serena begegnet dem Fisch, und er weist ihr den Weg aus einer schwierigen, leidvollen Zeit. Beim Dorftrottel Beppi scheint der Fisch gar Wunder zu wirken. Die Geschichte spielt auf einer kleinen Insel im südlichen Mittelmeer; es ist die Kulisse des gewöhnlichen Alltags, wo Menschen Leidenschaft und selbstlose Liebe erfahren und die Last schweren Schicksals tragen.

Es ist eine tiefsinnige, märchenhafte, spannende Erzählung von der Liebe und dem Weg zweier Menschen durch das Lichte und Dunkle des Lebens. Was ihnen zuerst oft sinnlos scheint, fügt sich in das Geschehen harmonisch ein, hat seinen Stellenwert im Ganzen und wird sinnerfüllt, sobald es ihnen gelingt, das Leben als Weg zum Höheren anzunehmen und auf die Vollkommenheit des kosmischen Plans zu vertrauen.

„Jonathan von der Insel" malt ohne Mahnfinger und theoretische Belehrung in poetischer, liebevoller Weise ein ruhiges Bild, wie Menschen, die mit beiden Füßen fest in dieser Welt stehen, zugleich mit Kraft, Zuversicht und Lebensfreude dem Ruf ihrer Seele folgen.

Manfred Kyber
Der Königsgaukler
Hardcover, 72 Seiten, ISBN 978-3-907091-08-1

Ein zeitloses spirituelles Märchen über den Lebensweg eines jeden Menschen zu seinem höheren Selbst, ein Märchen, das Mut macht, Hoffnung schenkt und Trost spendet.

Diese neue Ausgabe entspricht dem Originaltext der Erstpublikation aus dem Jahr 1921, berücksichtigt jedoch die neue deutsche Rechtschreibung und Zeichensetzung. Das Büchlein ist liebevoll und edel gestaltet, um diesem Juwel der spirituellen Literatur gerecht zu werden, und eignet sich auch hervorragend als Geschenk.

Sonnwandeln – dieser von Karin Jundt erfundene Begriff mit der doppelten Bedeutung von „auf dem sonnigen Lebensweg wandeln" und „sich zu einem sonnigen Gemüt wandeln" – war der Titel ihrer dreißigteiligen E-Schriftenreihe, einem Werk für spirituelle Entwicklung und Selbstveränderung.

Grundlegend überarbeitet und ergänzt, erscheint Sonnwandeln nun als Buchreihe in fünf Bänden. Wie es für Karin Jundt charakteristisch ist, behandelt sie alle Themen mit einem klaren Bezug zum gewöhnlichen Alltag und gibt konkrete Anregungen.

Karin Jundt
Der Sinn des Lebens und die Lebensschule (Band I)
Paperback, 220 Seiten, ISBN 978-3-907091-05-0

Karin Jundt
Alltägliches Handeln im spirituellen Geist (Band II)
Paperback, 256 Seiten, ISBN 978-3-907091-07-4

Karin Jundt
Über allem die Liebe (Band III)
(erscheint voraussichtlich 2017)

Karin Jundt
Unsere innere Welt (Band IV)
(erscheint voraussichtlich 2017)

Karin Jundt
Das spirituelle Leben (Band V)
(erscheint voraussichtlich 2018)

Karin Jundt
Karma Yoga – Auf dem sonnigen Weg durch das Leben
Taschenbuch, 140 Seiten, ISBN 978-3-907091-03-6

Der Karma Yoga, eine jahrtausendealte Lehre aus Indien, ist im Westen kaum bekannt. Obwohl es sich im Ursprung um einen spirituellen Weg handelt, kann man ihn, unabhängig von der eigenen religiösen und philosophischen Ausrichtung, zur wohltuenden Veränderung der inneren Haltungen praktizieren. Seine Erkenntnisse lassen sich leicht in das normale Leben einbauen und machen den Alltag zum Übungsplatz, ohne dass man sich gesondert Zeit nehmen muss für spezielle Praktiken, wie Meditation oder Körperübungen.

Den Grundsätzen des Karma Yoga zu folgen, führt zu einem Dasein mit weniger Ängsten und Sorgen und mehr Zuversicht und Mut. Das ist auch das Anliegen der Autorin: einen einfachen, verständlichen Leitfaden anzubieten, mit konkreten, alltagsbezogenen Anregungen, um das Leben im Hier und Jetzt zu erleichtern und zufriedener zu gestalten.

In ihrem Buch beleuchtet sie vor allem die Themen Urvertrauen, Selbstwertgefühl/Selbstliebe und Gleichmut – und natürlich das Handeln, das zentrale Element des Karma Yoga.

Karin Jundt, geboren 1954, hatte sich schon verschiedenen spirituellen Richtungen zugewandt, unter anderem christlichen und buddhistischen, bevor sie dem Karma Yoga begegnete. Seit über zwanzig Jahren lernt, lebt und lehrt sie diese Philosophie, worin sie nicht nur ihren eigenen spirituellen Weg erkannt hat, sondern auch ein Instrument, um im diesseitigen Leben, im gewöhnlichen Alltag, Erfüllung zu finden.

Websites der Autorin:
www.karma-yoga.eu
www.selbstliebe.ch

Karin Jundt
Ich liebe mich selbst und mache mich glücklich
Taschenbuch, 136 Seiten, ISBN 978-3-907091-04-3

Karin Jundt sagt von sich, sie habe erst im Alter von 40 Jahren festgestellt, dass ihr das Selbstwertgefühl und die Selbstliebe fast vollständig fehlten. Sie macht diesen Mangel verantwortlich für viele ihrer früheren Probleme mit den Mitmenschen und für eine periodisch auftretende, nicht näher definierbare Unzufriedenheit. Nach dieser Einsicht begann sie, am Aufbau ihrer Selbstliebe zu arbeiten, und erkannte mehr und mehr, wie unerlässlich sie für ein erfülltes, glückliches Leben ist. Selbst darin gefestigt, entwickelte sie auf der Basis ihrer eigenen Erfahrungen eine Methode zum Aufbau und zur Stärkung der Selbstliebe, die sie viele Jahre lang in Seminaren und Kursen lehrte. Mit diesem Buch gibt sie ihre Methode nun ebenfalls weiter.

Es handelt sich um einen Leitfaden, der wie ein Kurs mit Aufgaben und Übungen aufgebaut ist. In den ersten Kapiteln werden die Grundlagen des Selbstwertgefühls und der Selbstliebe dargelegt. Der Hauptteil befasst sich mit der Selbsanalyse und der Betrachtung der Verhaltensmuster, die auf ein zu niedriges Selbstwertgefühl und eine schwache Selbstliebe hinweisen, und zeigt dann den Weg auf, um neue Verhaltensweisen Schritt für Schritt einzuüben.

Karin Jundt
Ich liebe mich selbst 2
Taschenbuch, 156 Seiten, ISBN 978-3-907091-06-7

Bei diesem Buch, von der Autorin als Fortsetzung und Ergänzung ihres ersten Wegweisers zu diesem Thema konzipiert, handelt es sich um eine praktische Anleitung zum Aufbau und zur Stärkung des Selbstwertgefühls und der Selbstliebe. In jedem der 26 kurzen Kapitel befasst sie sich mit einer Verhaltensweise, die auf eine schwache Selbstliebe hindeutet, und schlägt eine auf den gewöhnlichen Alltag ausgerichtete Übung vor, um diese Verhaltensweise zu verändern. Es geht dabei um die Abhängigkeit von anderen, um Verlustangst, Selbstbestimmung, aber auch um Perfektionismus, Überheblichkeit, mangelnde Spontaneität und nicht zuletzt um die Ängste.